U0937110

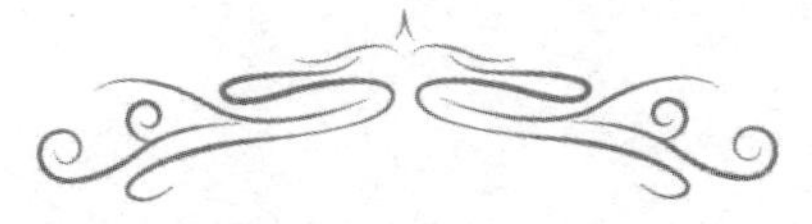

"枞阳文学精品丛书"组委会名单

顾　　问	杨如松	县委书记
	占聆娜	县人大常委会主任
	何正清	县政协主席
主　　任	杨秀颀	县委副书记、县政府县长
副 主 任	杨贤招	县委副书记
	黄　楚	县委常委、宣传部部长
	左敬东	县委常委、常务副县长
	周晓娟	县人大常委会副主任
	吴正芳	县政府副县长
	江习明	县政协副主席
成　　员	叶学挺	县委办公室主任
	李友好	县政府党政成员、县政府办公室主任
	张文满	县人大常委会教科文卫工委主任
	钱利勇	县政协文化和文史学习委主任
	黄　勤	县委宣传部副部长
	吴立友	县发改委主任
	朱　晋	县财政局局长
	周剑斌	县教体局局长
	吴文汉	县住建局局长
	刘毛陆	县文旅局局长
	周立宏	县招商服务中心主任
	胡学东	县委史志研究室主任
	章宪法	县文联主席

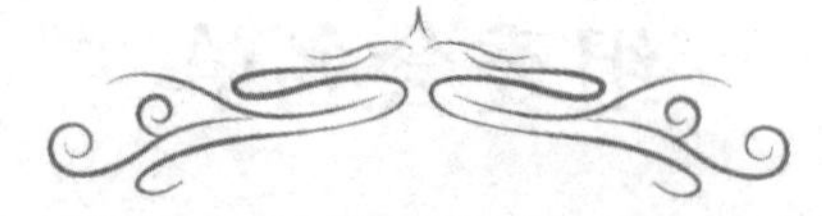

“枞阳文学精品丛书”编辑部名单

主　　编　章宪法

分册主编　章宪法　谢思球　陶善才　齐永平

周巨龙　刘檀风　周八一　钱新华

图片编辑　吴保国

枞阳文学精品丛书（第四辑）

丛书主编◎章宪法

《家园记》校注

〔清〕方江——著

章宪法——校注

合肥工业大学出版社

图书在版编目(CIP)数据

《家园记》校注/章宪法校注．—合肥：合肥工业大学出版社，2021.9
(枞阳文学精品丛书．第四辑)
ISBN 978－7－5650－5405－1

Ⅰ.①家…　Ⅱ.①章…　Ⅲ.①日记—作品集—中国—清代②太平天国革命—史料　Ⅳ.①I264.9②K254.06

中国版本图书馆 CIP 数据核字(2021)第 176067 号

《家园记》校注
JIAYUANJI JIAOZHU

章宪法　校注　　　　责任编辑　疏利民

出　版	合肥工业大学出版社	**版　次**	2021 年 9 月第 1 版
地　址	合肥市屯溪路 193 号	**印　次**	2022 年 4 月第 1 次印刷
邮　编	230009	**开　本**	710 毫米×1010 毫米　1/16
电　话	理工图书出版中心：0551－62903018	**总印张**	123.75
	营销与储运管理中心：0551－62903198	**总字数**	1546 千字
网　址	www.hfutpress.com.cn	**印　刷**	安徽联众印刷有限公司
E-mail	hfutpress@163.com	**发　行**	全国新华书店

ISBN 978－7－5650－5405－1　　　　总定价：432.00 元(共 9 册)

如果有影响阅读的印装质量问题，请与出版社营销与储运管理中心联系调换。

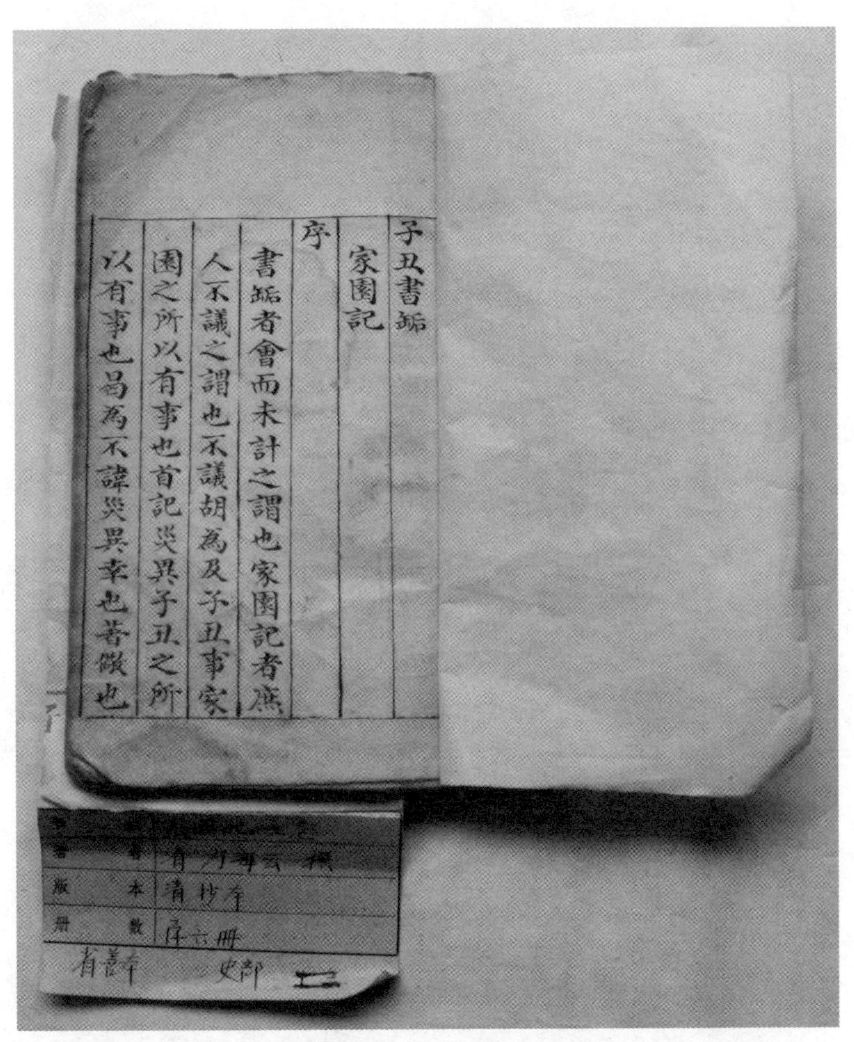

子丑書觚

家園記

序

書觚者會而未計之謂也家園記者庶人不議之謂也不議胡為及子丑事家園之所以有事也首記災異子丑之所以有事也曷為不諱災異幸也著儆也

▲《家园记》稿本　桐城市图书馆藏

子丑書鉆

家園記

序

書鉆者會而未計之謂也家園記者庶人不議之謂也不議
胡為及子丑事家園之所以有事也着記災異子丑之所以
有事也曷為不諱災異幸也著儆也夫彤鼎雉鳴反為武丁
之瑞芒山龍氣並非胡亥之祥故聖人之艱貞乃昊天之眷
顧他日館開方畧功告圓丘掃涿鹿之妖氛愈見軒轅歧嶷
奏鼓鼉之偉烈方嗤玁狁佌離一人有慶又即天下家園之

▲《家园记》钞本　安庆市图书馆藏

家園記三

桐城凡四十八典發典生息皇本不下數萬劉兆彭覬覦及之因謀以爲自募官勇之費又恐廬州大吏調充軍餉也因更請帑於廬州撫軍李嘉端怒以進士宮國勲署桐城檄兆彭赴廬州宮國勲以七月九日蒞任宋恪符之在官也仲愉輩出入衙門如至私室兆彭爲政則籤於閤門外曰一切紳士青衣小帽毋許擅入官因不悅於局也局

▲《家园记》钞本　桐城市图书馆藏

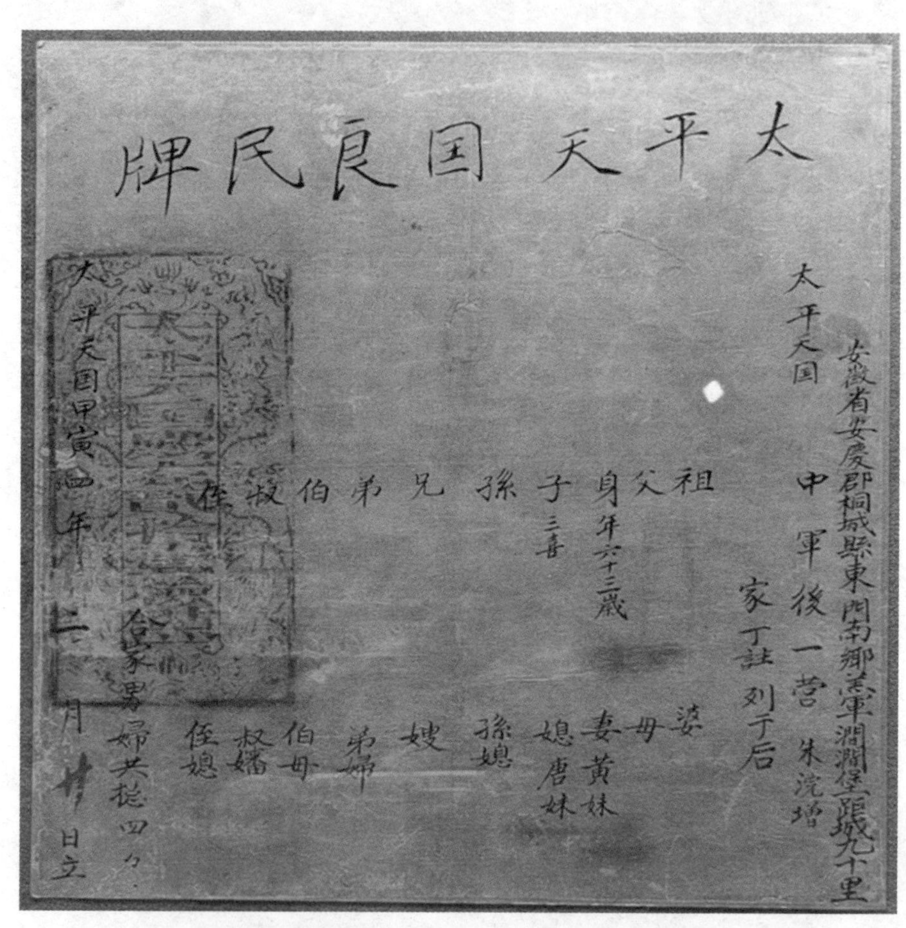

太平天国良民牌

安徽省安慶郡桐城縣東内南鄉[illegible]軍潤潤堡距城九十里

太平天国

中軍後一營　朱滗增

家丁註列于后

祖　婆

父　母

身年六十三歲　妻黄妹

子三喜　媳唐妹

孫　孫媳

兄　嫂

弟　弟婦

伯　伯母

叔　叔嬸

侄　侄媳

合家男婦共總四口

太平天国甲寅四年二月廿日立

▲太平天国良民牌　南京太平天国历史博物馆藏

▲太平天国门牌　南京太平天国历史博物馆藏

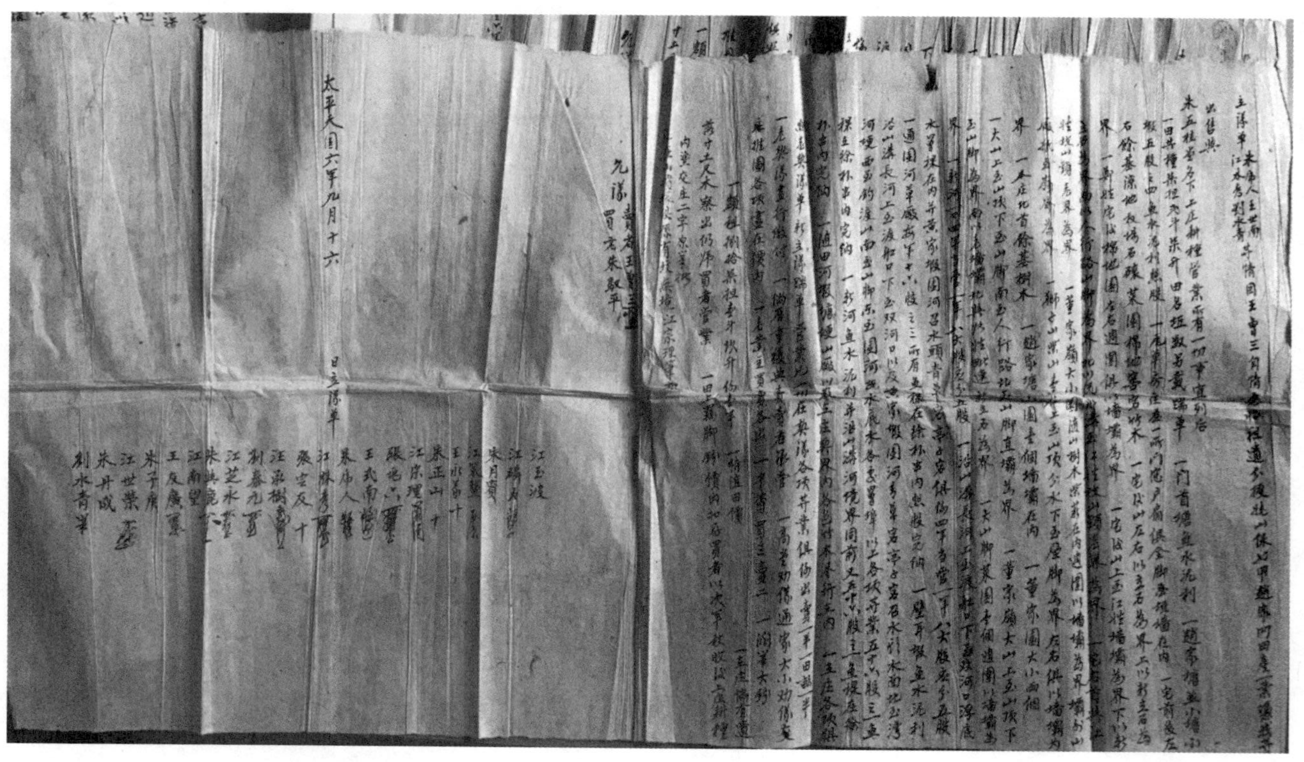

▲太平天国六年（1856）桐城民间白契　安庆孙志方先生藏

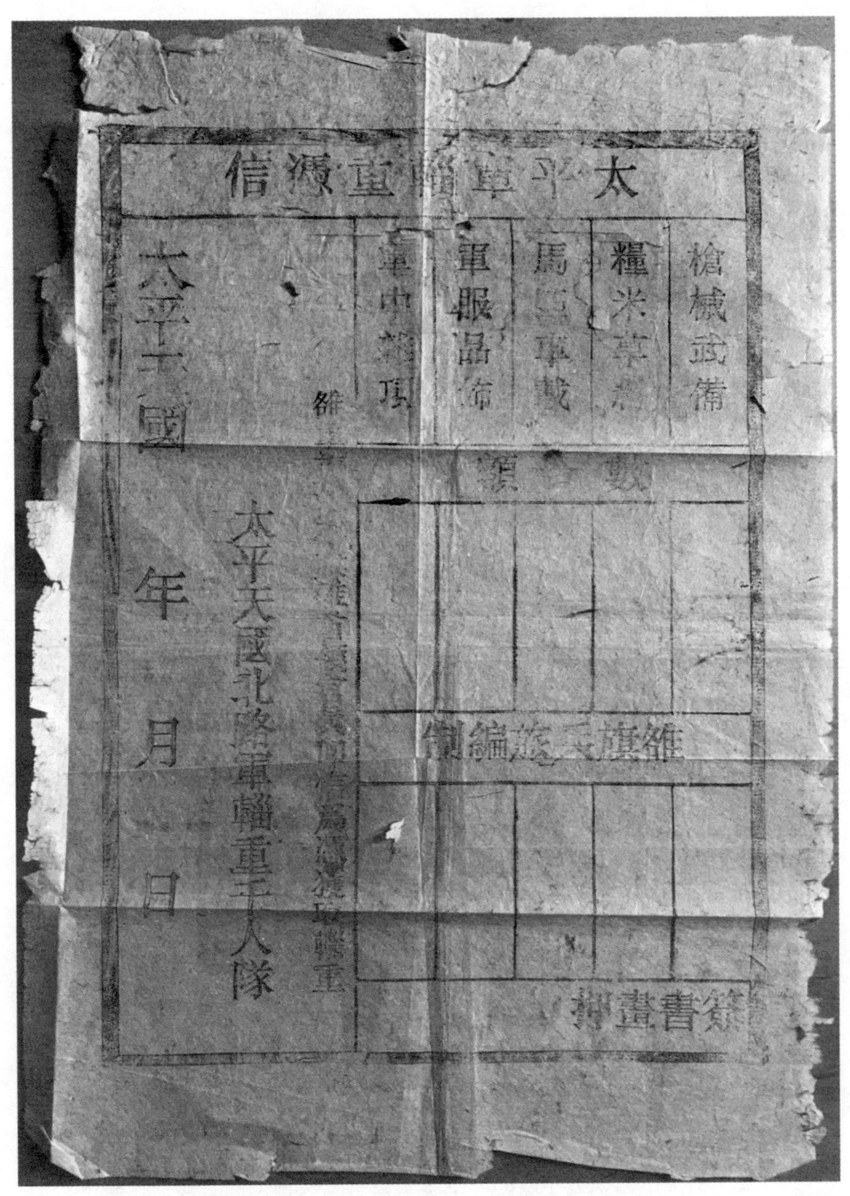

太平軍輜重憑信

槍械武備

馬匹車載

軍服品飾

軍中雜項

數額

簽書畫押

太平天國 年 月 日

太平天國北路軍輜重千人隊

▲太平天国辎重凭信　安庆孙志方先生藏

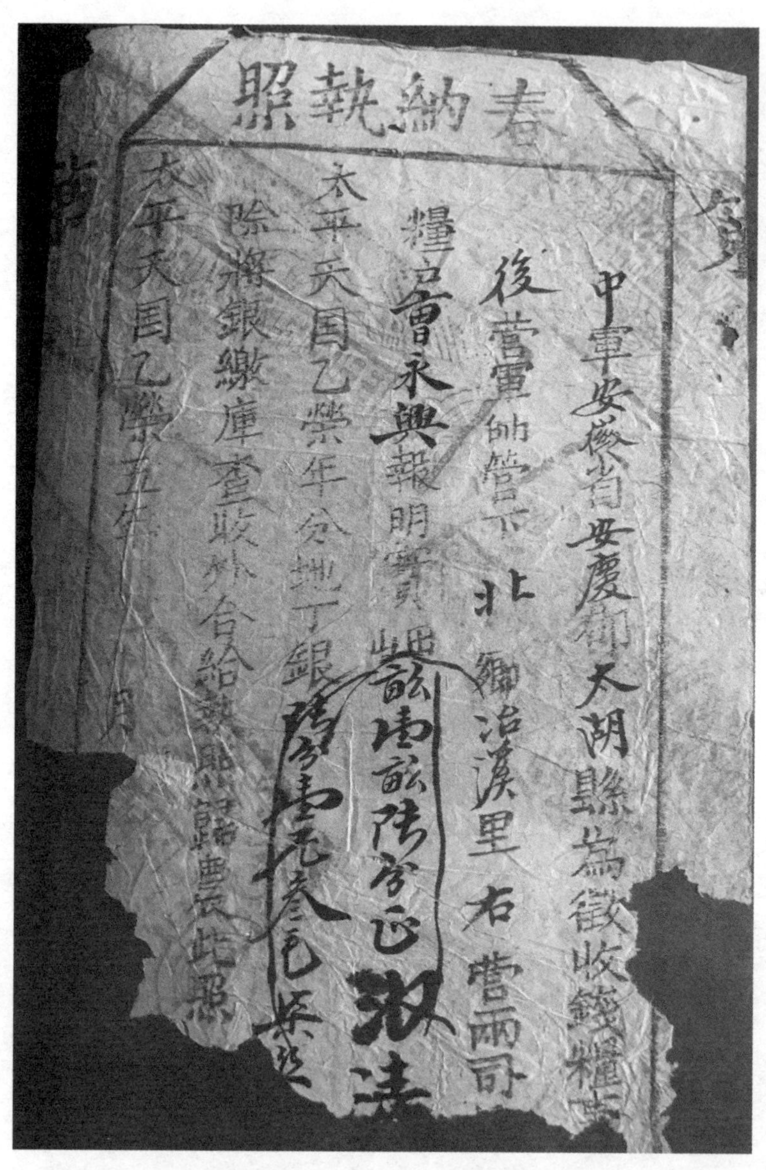

春納執照

中軍安徽省安慶郡太湖縣為徵收錢糧

後營軍帥管下 北 鄉治溪里 右 營兩司

糧戶曾永興報明實田

太平天囯乙榮年分地丁銀

除將銀繳庫查收外合給執照歸農收此照

太平天囯乙榮五年 月

▲太平天国乙荣五年(1855)中军安徽省安庆郡太湖县春纳执照

安庆孙志方先生藏

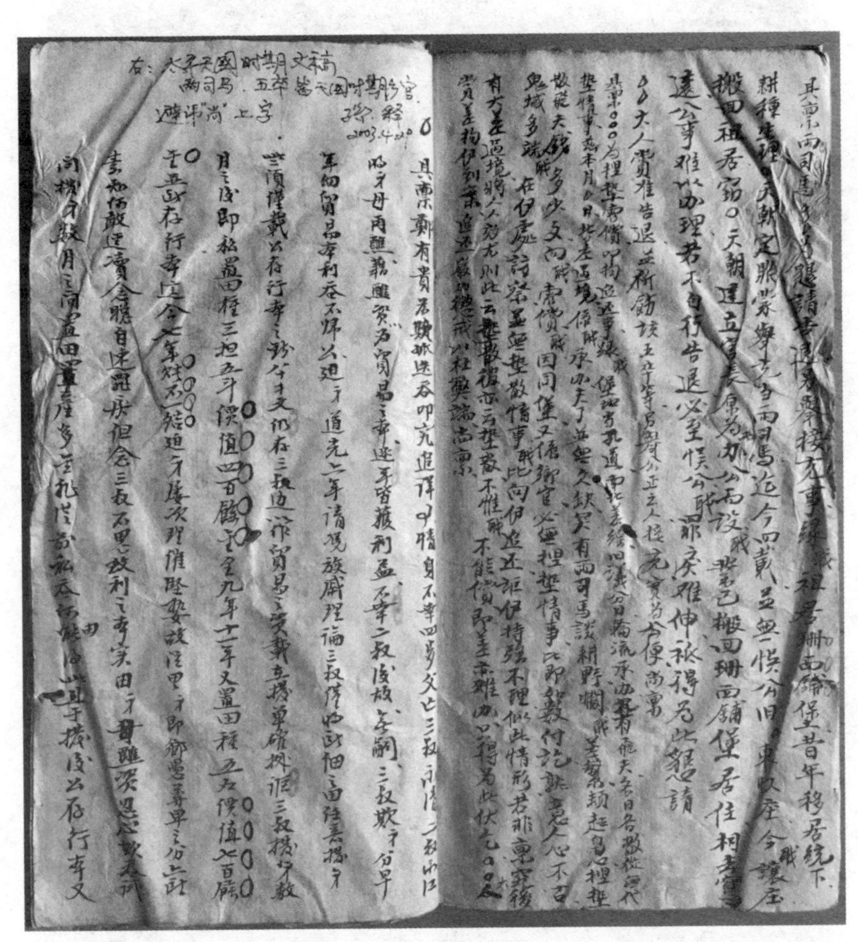

▲请辞太平天国两司马稿本　安庆孙志方先生藏

▲太平天国“枞阳会议”旧址——枞阳望龙庵

方氏家譜 卷二十九

庭縣學廩生河南候補縣丞例授修職郎生嘉慶十七年壬申正月十四日卒同治五年丙寅五月初一日配張氏廣西興安知縣楨女例封孺人生嘉慶十八年癸酉十月十八日三子碩祖穫祖佑二女長適金某次字張某

江 諱心簡第三子字彤甫號海雲同知銜四川候補知縣例授奉政大夫生嘉慶二十三年戊寅四月二十七日卒同治六年丁卯八月二十八日配黃氏太學生良鉞女例封宜人生嘉慶二十三年戊寅八月二十一日卒光緒三年丁丑十二月十六日側室張氏生道光九年巳丑二月十六日卒同治四年乙丑十一月二十七日葬潘家學一子振殤以兄奎炯之第四子鑄爲嗣三女長適主簿金鵬吳橋知縣元恭子次適四川典史張開棟太學生同禧子次殤 俱黃宜人出

▲《方江谱传》 枞阳家谱馆陈靖先生藏

序

在太平天国历史上，安庆无疑是一个重要的战略据点，从1853年石达开“安庆易制”到1861年“安庆保卫战”失败，太平军在安庆维持了长达9年的统治。太平天国与清廷共存十几年，二者长期处于拉锯战过程中，对于一些区域的控制也是你来我往，这些地方的老百姓要面对“城头变幻大王旗”局势，在夹缝中维持生产生活。当时的安徽省桐城县就是这样一个地方，战争给当地造成了严重的创伤，士民在拉锯战中惶恐偷生，如民间签订田地买卖契约在使用咸丰年号的同时还要写一份太平天国纪年副本备用。据同治《桐城县志》记载，桐城人口在咸丰元年有301万，到同治元年不足31万，也就是说经过战乱本地人口十存其一。当然同治之前的桐城人口统计存在严重虚报的可能，但就算取其三分之一的话，战后的人口总数也不到战前的三分之一，战争造成的创伤程度由此可见一斑。

在太平天国研究领域，安庆无疑是一个绕不过的地区，但遗憾的是，不论是学术界，还是本地各方，对此的研究力度和关注程度都显严重不足。我在搜集安庆地方文献时发现一个特殊现象，就是安庆地区留下了较多使用太平天国纪年的民间契约文书，而在徽州地区和浙江省、江苏省等其他太平军势力范围则极少见到这类民契，这无疑是一个值得关注和研究的问题，为此我已经撰写了几篇论文作了初步探讨，希望引起大家的重视。

文献的挖掘整理、遗迹的实体保护，对于历史研究和文化提升无疑是有益的基础性工作。南京太平天国历史博物馆近年点校出版了《太平天国史料汇编》40 册，收录资料 2000 余种，不可谓不宏富了，但仍有诸多遗珠未被采撷，方江的《家园记》就是这样一份珍贵的民间文献。章宪法先生将之校注出版，无疑对于区域历史文化研究和太平天国史研究都是有所裨益的。章先生在书稿完成之后，即索序于我，我自荣幸之至，便不揣谫陋，略述卮言，忝以为序。

辛丑初春怀宁张全海作于北京

（作者系中国人民大学《档案学通讯》编辑部主任）

目　录

附　录

凡　例

一、本书以安庆市图书馆藏《家园记》抄本为底本。抄本与稿本文字有出入的，以稿本为准。

二、根据底本进行断句与分段。原文内容前后有重复，整理时保留原样，不作删除。

三、底本中的繁体字、异体字，一般改为简体字、常用字。国名、人名及影响原文理解的，仍旧保留原字。不易辨识的通假字及错字，标正字于“[ ]”，一般不出校勘记。

四、底本文字脱讹衍倒者，参照稿本补正。脱文以“【】”标示，讹文以“〔 〕”标示，文字浸漫不清无法辨识者标以“□”。“〖〗”中内容为编者所加。

五、字词除方言、冷僻用词外，一般不作注释。相关人名、地名、外国国名、专有名词等，作以脚注。

六、注释中公历日期用阿拉伯数字格式，农历日期用汉字格式。

七、凡校勘参考论著，校注中恕不一一列出，后附主要参考文献。

前　言

方江（1818—1867），后名奎璜，字彤甫，又字山甫，号海云，安徽桐城人。同知衔，四川候补知县，例授奉政大夫。

方江出自“桐城桂林方氏”七房，明清时期该族累世簪缨。有清一代，方江父祖并以上七世，兄弟四人并诸子侄，一门九世相继为宦，门楣显赫，地方罕有。

方江天性旷逸，生而聪颖，幼而好学，自秦汉以下之书无书不读，尤精研宋儒之学，又由儒通佛，并精于奇门，兼通灵素之学，一时名士达人争与往还。曾游川陕、吴越等地，每至一地，必览名山大川，尝曰：“纵览山川，陶冶吾性耳。”著有《家园记》《嚼齿录》《乌霍录》《偶遂集》《同善集》《道德经解》《悟香音室文钞》《憬岩轶事记》《嚼花谈》《莲花因青禅外史》《鱼通纪程》《赊月山房杂组》《海云诗钞》《金针度》《牛皂志》等。除《海云诗钞》外，其他著述均未刊行。

《家园记》以日记的形式，记录了太平军在安庆一带的战况和政治、经济措施。1852—1853 年，太平军冲出广西，横扫湖南，攻占武汉，继而顺江东下，复回师西征，此时的方江正在家乡桐城。太平军攻克桐城县城时，方江于城内被太平军所获，不久借机逃脱。

1852 年，桐城官绅根据清廷的旨意，于城乡组织团练，以应对可能入境的太平军。方江对桐城城乡团练的记述，对太平军在安庆一带战况和政治、经济措施的记录，均来自亲历亲闻。同时，《家园记》又跳出了一城一隅，记录了太平军北伐、西征以及天京城外的战况等。尤其是对北伐怀庆之役、稍直口战斗、西征南昌战役、田家镇战斗的记载，尤为生动、翔实。此类记载，方江主要获自与其关系密切的桐城籍官员或其亲随，而非道路传闻。此外，《家园记》中还有大量议论性文字，表达出当时底层知识分子的真实思想动态与传统知识分子的理想情怀。方江的政治立场与太平军是对立的，但其文字又是客观的，《家园记》由是成为研究太平天国运动和地方历史的重要史料。

太平天国运动是中国近代史上的重大事件，中国历史也由此揭开崭新一页。“虎门销烟”“金田起义”“武昌起义”“五四运动”“五卅运动”“南昌起义”“抗日游击战争”“胜利渡长江”，北京天安门广场人民英雄纪念碑上的八大浮雕，清晰地勾勒出 100 多年里中国人民反帝反封建的伟大革命斗争史实。咸丰元年（1851）至同治三年（1864），洪秀全等领导了反对清朝封建统治和外国资本主义侵略的农民起义，建立了“太平天国”，旨在推翻清朝统治。太平天国运动动摇了清朝统治的基础，沉重打击了中外反动势力，提出了近代中国第一个具有资本主义性质的社会改革方案。这场运动历时 14 年之久，发生在中国新旧交替的时代，时代赋予它全新内容和意义，影响重大而深远。

太平天国运动对枞阳的影响，尤为重大而深刻。1853 年 2 月 10 日，太平军自武汉压江东下。2 月 23 日，太平军水师进抵安徽省城安庆对岸。2 月 24 日午后，太平军占领安庆滩头及城南险要，当日午夜攻克安庆。2 月 25 日，太平军水师先锋鼓帆东下，枞阳民众闻风响应，太平军查封了枞阳镇仓漕，并“赏地保一黄帽、一黄旗，俾守之”。五日后，义津桥（今枞阳义津街）万余人云集，准备加入太平军。枞阳历史上的著名人物程学启、李仕福、张逸民等，先后投身太平天国运动。

咸丰三年（1853）6 月 13 日，太平军自天京（今南京）再入安徽省城安庆。9 月 26 日，翼王石达开率部进驻安庆，加固城垣，辟安徽巡抚衙门为翼王府，布告安民，首开天朝地方政权建设，并调整天朝制度，史称“安庆易制”。安庆易制涉及太平天国军事、政治、经济诸方面的重大政策调整，主要有：改“贡献制”为“照旧交粮纳税”；改禁止工商私营为鼓励工商私营；改普征兵制为招募入伍等。在地方政权建设上，天朝组建了省、郡（府）、县三级地方政权。天朝安徽省安庆郡桐城县境内，普遍建立基层政权。地方众多平民与部分缙绅，加入了太平军或太平天国政权。

地方民众对太平军的拥护，有着深刻的历史原因。据同治《桐城县志》记载：咸丰元年（1851），桐城县人口高达321951户、3010761人。而此时县境的在册耕地不过40万亩，且多为地主、缙绅阶层占有，地方平民普遍破产，社会危机急速酝酿。

这种基于人口膨胀的生存危机，一度因畲粟（玉米）、番薯的推广得以有限的消解。此外，在中国社会的近代化过程中，地方烟草、茶叶等经济作物，有了较大的发展。“桐东凉晒烟”名闻一时，以致“扬州烟贾大至”，“牙行填满，货镪辐辏，其利几与米盐等”。有限的商业和民族手工业，在一定程度上缓解了平民的生存困境。

但是，“鸦片战争”给予了民族经济毁灭性打击。更为严重的是，鸦片贸易极大地洗劫了社会财富，使平民的生存雪上加霜。同时，吸食鸦片之风严重败坏了社会风气。太平军到来前夕，“农之食烟者十之二，工之食烟者十之三，贾之食烟者十之六，兵之食烟者十之八，士之食烟者十之五。上至督抚仆隶之私，下及县门舆台之贱，其食烟者又十之八九”。社会腐败之风盛行，平民生存日见艰辛，激烈的社会矛盾令革命一触即发，枞阳地方民众对太平天国运动的拥护，同太平天国运动爆发的原因如出一辙。正如孙中山先生所言，“天地惨黩，民不聊生，负澄清天下之任”，太平天国运动若火燎原。

太平军的到来，桐城地方各阶层迅速分裂和对立。缙绅阶层多对太平军怀有刻骨仇恨，多数平民则寄希望于天朝，正如亲历太平天国运动的桐城文人方江在《家园记》中所云：“强者但欲贼（太平军）速来，弱者但愿己速死。”平民对缙绅阶层的痛恨，同样达到了恨之入骨的地步。文人笔记中记载的太平天国，较之于清官方的正史，以及地方氏族宗谱等民间史料的记载，完全是颠覆性的。

自咸丰三年（1853）占领枞阳，至咸丰十一年（1861）退出县境，太平军在地方的统治长达 9 年。枞阳在太平天国运动史上，有着十分突出的历史地位。

安徽枞阳县城的望龙庵，为“太平天国枞阳会议”旧址。1856 年的“天京事变”，是太平天国领导集团之间的一次公开分裂，东王杨秀清、北王韦昌辉先后被杀，翼王石达开出走，太平军元气由此大伤，成为太平天国由盛转衰的转折点。为挽救危局，阻止太平天国分裂之势，1857 年 1 月，太平天国后期的重要将领陈玉成、李秀成于望龙庵召开军事会议。之后，解除了桐城之围，稳定了省城安庆的外围局势，史称“第一次枞阳会议”。

1858 年 7 月下旬（太平天国天历六月中旬），李秀成、陈玉成召集天朝安徽省内将领，如芜湖李世贤，池州韦志俊、黄文金、古隆贤、赖文鸿、刘官芳，三河吴定规，巢县吴如孝、黄和锦，庐江易侍钦，舒城朱凤魁，安庆张潮爵、陈得才等，至枞阳望龙庵集会。各路太平军精英，于此“各誓一心，订约会战”，确定以攻打庐州为突破口，实行战略反攻，以解天京之围，史称“第二次枞阳会议”。

第二次枞阳会议后，天王洪秀全迅即批准了这一方案，并下令恢复五军主将制度，重新编组全军，晋封陈玉成为成天安前军主将，李秀成为合天安后军主将，李世贤为侍天福主将，韦志俊为定天福后军主将，蒙得恩为赞天义中军主将，其他参战将领也各有晋封擢升。太平军的士气重新振作，陈玉成、李世贤北取庐州，南下滁州乌衣，与李秀成会合，合力摧毁清军“江北大营”。又联合西上，取得“三河大捷”，夺回舒城、桐城、潜山、太湖等地，迫使清军从安庆撤围，一举扭转天京事变后的被动局面。太平军两次枞阳大会，扑灭了清军借天京危机一举剿灭太平天国运动的企图。

清代桐城经济、文化相对发达，地方缙绅势力异常强大，牢牢控制地方，甚至左右政局。性情醇厚的唐治、少年进士宋恪符等数任县令，皆被地方缙绅玩于股掌。太平军占领桐城，损害了缙绅集团的既得利益。基于根本利益的冲突，桐城地方缙绅始终与太平军为敌，并欺骗、裹胁平民充当牺牲品，使得太平天国运动在地方的发展异常曲折。这些，在方江《家园记》、方濬颐《转徙余生记》中，都有非常清楚的记载。

安庆是天京的门户，枞阳又是安庆的门户，枞阳镇对安庆城至关重要。太平天国安徽省，为太平天国运动后期英王陈玉成的领地。1860 年 2 月，陈玉成即在安庆与谢天义张潮爵、受天安叶芸来等谋划安庆城守事宜，确定“安庆之守，必上以石牌、下以枞阳为左右翼。首筑石牌城通西援，复筑枞阳城通东北”。这一区域，在湘军凌厉攻势下不断被挤压。交战双方，兵力及武器装备悬殊，太平军对湘军的应对，始终是“固守待援”。

湘军尽管有兵力及武器配备上的明显优势，鉴于太平军强悍的战斗力，基本战略选择的是围困而不是攻坚。湘军攻克石牌后，曾国荃部万余攻安庆，多隆阿部万余马步兵攻桐城，李续宜部万余驻桐城青草塥策应两军，杨载福、彭玉麟率水师控制长江及内河，鲍超霆部六千余驻安庆对岸为机动，曾国藩、胡林翼则统军万余驻守宿松、英山、太湖及潜山天堂寨为诸军奥援。

咸丰十年（1860）6 月，湘军曾国荃部进逼安庆。湘军的军事布控，不仅对安庆城构成严重的军事威胁，而且切断了太平军的军需供应，这也是湘军的战略企图。此时安庆太平军的军需供给，主要来自东部卫星镇枞阳，另有少量来自江上洋人的船只。随着清廷的外交干预，江上洋人提供的少量军需终结，安庆城守太平军的军需给只剩下枞阳。湘军困城前，守城太平军“积米至五万三千余石”，足“支一年有余”。湘军要达到困城效果，时间必须超过一年，还必须提前切断安庆与枞阳的联系。

枞阳对安庆的重要性，胡林翼表达得十分透彻：“安庆之要在枞阳，不得枞阳，即屯兵城下一二年，贼可徜徉自如。暇则来战，不暇则游于他处，我不能谁何也。”“枞阳不得，则屯兵十年，亦不能断贼接济。”安庆之战中，战略地位突出的枞阳镇，首先成为太平军与湘军争夺的焦点。

太平军枞阳之失，来自内部的反叛，背景仍是“天京内讧”。太平军池州守将韦志俊，为北王韦昌辉之弟。韦昌辉被杀，韦志俊遭到猜忌与打压，导致其献城降清。韦志俊不仅是太平军的重要将领，还曾两次参加太平军“枞阳会议”，对枞阳了如指掌。1860 年 6 月 16 日，韦志俊在湘军水师的支持下，成功突袭枞阳。至此，长江由枞阳经菜子湖至桐城一带，全部为湘军所控制。

濒临绝境的安庆太平军，复因程学启的反叛而雪上加霜，并改写了湘军攻克安庆的时间表。程学启，安徽桐城（今枞阳县枞阳镇）人，时为叶芸来佐将，且为其妻妹丈，是叶芸来倚重的悍将，二人的关系很难撕裂。桐城秀才孙云锦献计湘军，以拘其养母、诛杀养母之子相威胁，逼迫程学启投降湘军。程学启的投降，造成太平军实力的削弱，也使湘军获取了安庆城内更为确切的军情。1861 年 9 月 5 日凌晨，程学启率徒缘安庆北门城墙而上，地雷轰发城坼，湘军蜂拥而入，安庆城沦陷。至此，太平军在枞阳周边的势力瓦解。

太平天国运动，是一场千百万穷苦农民为了生存，为了追求平等公平，以不惜牺牲的精神发起的革命运动，是中国旧式农民战争的最高峰。太平天国治理下的社会景象今天已经模糊，同治二年（1863）二月二十七日曾国藩《沿途察看军情贼势片》云：陈玉成治理安徽，“颇能禁止奸淫，以安裹胁之众；听民耕种，以安占据之县。民间耕种，与贼各分其半……傍江人民，亦且安之若素”。湘军攻占安徽后，地方“烟火断绝，耕者无颗粒之收，相率废业”，死亡载道。这场轰轰烈烈的运动，最终虽为中外反动势力所镇压，但它沉重地打击了清王朝的反动统治，加速了清朝统治的衰落与崩溃，也打击了外国侵略者，阻滞了中国半殖民地化的进程。

太平天国运动是遭封建统治阶级污化最为严重的历史事件，运动失败后相关史料几为清廷毁坏一空，方江《家园记》等由是成为十分珍贵的太平天国史料，有助于还原历史真相，也有助于后人对太平天国运动的了解。

《家园记》存有甲、乙、丙三种版本，均系方江手稿，比为七卷。1954 年，方江后裔捐乙种本于桐城图书馆；1963 年，捐甲、丙种本于安徽省博物馆。《家园记》乙种本为省善本，现有残损。安庆市图书馆藏《家园记》，为乙种本抄本，七卷全。

“历史是一个民族、一个国家形成、发展及其盛衰兴亡的真实记录，是前人的‘百科全书’，即前人各种知识、经验和智慧的总汇。”波澜壮阔的近代史，离不开对太平天国运动的研究。现将《家园记》抄本参照相关史料予以校注，以飨读者。

《家园记》校注工作得到了社会各界的大力支持，在此谨向提供相关史料的安庆市图书馆、桐城市图书馆，以及中国人民大学张全海先生、安徽大学章玉政先生、安庆市图书馆古籍部祖文君和罗燕先生、桐城市图书馆吴苏琴先生、枞阳中学汪宝先生、枞阳家谱馆陈靖先生、安庆市收藏家孙志方先生、铜陵郊区章乐飞先生等表示感谢。

庚子初春枞阳章宪法于皖城

原　序

书魟[①]者，会而未计之谓也；《家园记》者，庶人不议之谓也。不议胡为？及子丑事[②]，家园之所以有事也。

首记灾异[③]，子丑之所以有事也。曷为不讳灾异？幸也，著儆也。夫肜鼎雉鸣，反为武丁之瑞；芒山龙气，并非胡亥之祥。故圣人之艰贞，乃昊天之眷顾。他日馆开方略，功告圆丘，扫涿鹿之妖氛，愈见轩辕岐嶷；奏鼓鼍之伟烈，方嗤玁狁

① 书魟（xiàng）：方江未刊行撰述《子丑书魟》，《家园记》为其中一种。

② 子丑事：咸丰二年（1852），壬子年（鼠年）；咸丰三年（1853），癸丑年（牛年）。《家园记》所载，为壬子、癸丑二年之事。

③ 首记灾异：《家园记》以记载异常的自然现象开篇。传统理念认为，自然灾害与异常的自然现象是上天的惩罚，人们会由此产生乱世即将到来的恐惧。

仳离。一人有庆，又即天下家园之有庆也。

至若一时建白，皆是虎臣，而余满纸雌黄，无非蠡测白起犹为竖子。敢问英雄李纲，尚是书生，谁知军旅。所以不敢剖鲘而计之者，正以所见异辞，所闻异辞，所传闻又异辞也。若谓谬托稗官，则非所以为《家园记》之本意矣。

桐城海云氏书于秋雨草堂。

卷　一

元年[①]，夏，黑雨降；冬，天雨豆[②]。豆大如寻常赤小豆，其色有青有黑，有青黑相半者，古曾一见，其说可考纲目而得也。

时，天主教匪、粤东花县贼洪秀全[③]等，煽乱于粤西，以

① 元年：咸丰元年，公元 1851 年。

② 天雨豆：天降豆状颗粒物，异常的降雨现象。降黑雨、血雨，降荞麦、粟黍、豆、谷、米、鱼、钱等异常现象，《太平寰宇记》《明史》《钦定续通志》及地方志等均有记载。桐城文人撰述中，咸丰元年（1851）安庆、桐城一带有数起“雨豆”现象，时人将其与太平军的到来相联系。

③ 洪秀全（1814—1864）：广东花县人，太平天国建立者，太平天国运动领袖。洪秀全试图以西方基督教教义中的平等思想，以及中国远古时代“天下为公”的理念，在内外交患的中国建立起一种理想社会。洪秀全是中国近代史中的重要人物，1864 年病逝于天京（今南京）。

闰八月朔，使其党韦昌辉[①]寇陷永安州[②]，全伙据之。督师阁帅赛尚阿[③]，围贼不密，又与提督向荣[④]意见相忤，贼困于穷城中者三月，终由向荣所辖之路逃逸，遂犯桂林省城[⑤]，连陷南路各州县。

二年[⑥]，海云应京兆试，寓于西长安门外。城内有狐，常

---

① 韦昌辉（1823—1856）：原名志正，又名正，广西桂平金田村人，太平天国“首义五王”之一。太平天国运动早期，韦昌辉尽献家财，率全家参加团营。起义爆发后，清廷一度误以韦昌辉为“逆首”。1856 年 11 月，韦昌辉在“天京事变”中被洪秀全处死。

② 永安州：在今广西壮族自治区梧州市蒙山县。咸丰元年（1851）闰八月初一日，太平军攻克永安城。初七日，洪秀全进入永安城。十月二十五日，洪秀全下诏，封杨秀清为东王、萧朝贵为西王，列一等；冯云山为南王、韦昌辉为北王，列二等；石达开为翼王，列三等。西王以下皆受东王节制，有功将士皆晋封官职。十二月十四日，正式颁行天历，废清朝纪年，以金田起义之年为太平天国辛开元年；颁布“三谕”（《奉天讨胡檄布四方谕》《奉天诛妖救世安民谕》《谕救一切天生天养中国人民谕》），刊行官方文书，令人民蓄发，相继建立礼制、官制等各项制度，史称“永安建制”。

③ 赛尚阿（1794—1875）：字鹤汀，阿鲁特氏，蒙古正蓝旗人。赛尚阿身历乾、嘉、道、咸、同、光六朝，咸丰元年（1851）授文华殿大学士、首席军机大臣。“金田起义”爆发后，赛尚阿奉命前往镇压，兵败被革职查办，后准戴罪立功，咸丰十一年（1861）被授正红旗蒙古副都统。

④ 向荣（1792—1856）：字欣然，四川大宁人，晚清名将。“金田起义”爆发后，咸丰帝特令向荣改任广西提督，专事平叛。向荣较早发现洪秀全为“群盗之冠”，并尾随太平军转战广西、广东、湖南、湖北、安徽、江苏等地。太平军攻占金陵后，向荣于钟山南麓孝陵卫一带组建“江南大营”，阻扼太平军向苏、常发展。咸丰六年（1856）6 月，“江南大营”被破，向荣败退丹阳，8 月 9 日忧忿而死，谥忠武。

⑤ 桂林省城：时广西省会为桂林。

⑥ 二年：清咸丰二年，公元 1852 年。

白昼见。又见大火，炫耀如烈炬。时，贼已由粤窜至湖南，攻长沙城甚急。赛阁帅不能救，逮问，以粤督子爵徐广缙[①]代之，爵帅复畏葸不进。

初，赛帅得贼伪天德王洪大全[②]，给至京，下狱，讯状，论凌迟弃市。大全，湖南会同人，困于司文，不得一巾，通韬钤[③]。始就赛帅，不能用，乃就贼聘。

时，秀全已僭称太平王，宠大全曰"御弟全"。永【州】猖獗，杀我将乌兰泰[④]等，皆大全计也。寻以秀全不足与有为，贼伪东王杨秀清又嫉谮之，复私投于大营，请灭贼自赎，

---

① 徐广缙（1797—1869）：字仲升，安徽太和人，历官广东巡抚、两广总督、两湖总督等。道光二十八年（1848），徐广缙因抗英有功被赐一等子爵。咸丰二年（1852）五月，徐广缙入广西进剿太平军，八月任两湖总督。咸丰三年（1853）三月，徐广缙因武昌失守入狱，五月赦出。咸丰七年（1857），经胜保保奏，徐广缙以四品衔随胜保办理豫皖军务，一月后因病致仕。

② 洪大全（1823—1852）：太平天国早期骨干，史料记载不一，学界存有争议。据张德坚《贼情汇纂》：洪大全，湖南清泉人，因科举不顺"多诋时事"，被地方缙绅拘捕，"以无佐证释之"，遂亡命江湖。"金田起义"爆发后，洪大全赴广西投杨秀清，初封天德浸师，旋封天德王。张德坚在《贼情汇纂》卷1"剧贼姓名"中，将其名列太平天国"首义五王"之后。洪大全"机警有才"，太平天国当时的军政策略多出其手，杨秀清"忌其才，又恶其说，遂囚之"。1852年4月7日，洪大全于永安突围途中被获，解至北京后遭凌迟处死。《贼情汇纂》称："凡在永安军中者，皆言大全才识非常，若赦而用之，必可灭贼；或大全果有过人处，非洪杨诸贼可比，亦未可知。"

③ 韬钤：古代兵书《六韬》《玉钤篇》的并称，泛指兵书。

④ 乌兰泰（？—1852）：字远芳，满洲正红旗人，广州副都统。咸丰元年（1851），乌兰泰与广西提督向荣进剿太平军。咸丰二年（1852），太平军永安突围，乌兰泰跟至桂林，战于南门外将军桥，被太平军击伤，退至阳朔，不治身亡。

赛帅不敢纳。往来者三，为秀全所觉，因之而不忍杀。贼自永州出走，使数人押之后发，为我军所获，以驺从舆送至京。

大全在狱，为万言策，以灭贼自任，莫有敢代奏者。及市，大全笑曰："果杀我乎？良可惜也！"张眦侧首视剐。

大全言："贼首，一酒色徒耳，惟韦正最可畏。"韦正即韦昌辉，时为伪北王。又言："贼初闻林文忠公[①]来皆喜，互通约伏罪，解众归田。及闻文忠薨，皆哭，为文祭之，极哀恸，而反意益坚。"

九月，秋风报罢，毷氉而归。与章甫[②]偕行，贷于潜山笋客，始足旅资。道出济宁，仲勖侄夫妇留三日，竭资为措归笋客金。时，警报迭过，仓猝泣别，道路皆谓皖江[③]已纂严，又不知有家与否。

十一月三日，抵桐，家室幸聚，已遑遑无生人之趣矣。

贼攻长沙八十一日。长沙最饶富，米不增价。城陷者再，皆冲锋杀贼抢起之，贼弃之去。长沙守城多良将，然人皆归功

---

① 林文忠公：林则徐（1785—1850），福建侯官人。清代著名政治家、思想家，因主张严禁鸦片有"民族英雄"之誉。道光二十七年（1847）三月，任云贵总督。道光二十九年（1849）秋，因病开缺回乡。道光三十年（1850）九月，因广西拜上帝会武装起义，清廷任命林则徐为钦差大臣前往镇压，行至潮州时病逝。报丧奏折尚未至京，清廷又命其暂署广西巡抚。林则徐病逝，迫使清廷对进剿太平军等重作部署。林则徐一生命运多舛，逝后历任一切处分悉行开复，谥文忠。

② 章甫：方奎焕（1812—1866），原名球，字觐之，一字章甫，号振庭，方江次次兄。廪生，河南候补县丞，例授修职郎。

③ 皖江：时安徽省会安庆。

于藩司潘铎[①]。贼出彤关，渡湘阴。提督博勒恭武[②]弃师于岳州，守令皆遁，岳州陷。

贼将渡洞庭，乘昏夜放水灯以疑我兵，劫巨舰七百余艘续进。大风陡作，千帆若飞。始，贼疲于长沙，伪西王萧朝贵[③]中炮伏诛，伙贼震惧。缺食月余，捞沟涧浮来叶菜，供其酋长。粤人皆有悔心，多潜遁归。及是，复裹胁楚众，又获我军资器械无算，势遂复炽益横。掠江，陷汉阳，筑土城于汉口，造浮桥以望武昌。时，江水暴落，故贼得以乘涸置浮桥。汉口难民乱，纵火于武昌城外，全楚震动。

先是，楚抚常大淳[④]恐汉口大镇为贼所据，乃以令箭烧汉口。被火难民十余万渡江求食，且索抚军偿其屋，是以大乱。

---

① 潘铎（1793—1863）：江苏江宁人，历官荆州知府、江西督粮道、广东盐运使、四川按察使、山西按察使、湖南布政使，署云贵总督。咸丰二年（1852），潘铎由山西按察使迁湖南布政使。巡抚张亮基擢署总督，潘铎暂代之，督防岳州，对抗太平军。因岳州等城失守，下部议，降二级调用。咸丰十一年（1861），起署云贵总督。同治二年（1863）正月十五日，潘铎为叛将马荣杀害。

② 博勒恭武：满洲正白旗人，历官骁骑校、步军校、步军协尉宁海营参将、杭州协副将、宜昌镇总兵、甘肃提督等职，道光二十九年（1849）出任湖北提督。太平军进入湖南后，湖北巡抚常大淳与博勒恭武率兵守岳州。太平军水师奔岳州，博勒恭武弃城而逃，为清廷正法。

③ 萧朝贵（约1820—1852）：广西武宣人，太平天国初期重要将领。萧朝贵是“金田起义”的核心成员之一，神化洪秀全的策划者，“首义五王”之西王。“金田起义”后，萧朝贵击败钦差大臣李星沅、提督向荣所率清军，顺利突围。太平军北进湖南，萧朝贵“所攻必克”。攻打长沙时，萧朝贵中炮身亡。

④ 常大淳（1792—1853）：字兰陔，号南陔，湖南衡阳人，明朝开国元勋常遇春后裔。咸丰二年（1852）六月，常大淳由浙江巡抚调任湖北巡抚，防扼太平军入鄂。同年十二月，太平军石达开部攻破武昌，常大淳举家自殉，谥文节。

汉口，武昌之犄角也。烧汉口不如募兵守汉口，善用兵者，当知变也。

溃兵大至，桐人汹惧，始议募勇铸兵器，截留捐输，劝人积谷。县令商邱[①]宋恪符[②]，刊吕新吾《救命》[③] 一书。“自序”略谓：“予北人，不善骑射而爱谈兵，爰出是书，俾资筹画。”

恪符，少年进士，实不能兵。桐人又狃于积习，骎骎越俎。恪符惟借漕事，常住去城百里外之枞阳[④]，事不与闻，资不〔不〕取给。

---

① 商邱，即今河南商丘。

② 宋恪符：河南商丘人，道光三十年（1850）进士，授桐城知县。宋恪符性格懦弱，缺少处理复杂政务的经验，政事为桐城地方缙绅所左右。太平军进入桐城前，宋恪符常假公务离开县城，避居桐城南乡枞阳、义津一带，后以病辞。时县丞陈建章，典史王廷基。

③ 《救命》：吕坤《救命书》。吕坤（1536—1618），字新吾，河南归德府（今商丘）人，明代著名政治家、文学家、思想家。吕坤学识渊博，与沈鲤、郭正域被誉为明万历天下“三大贤”，其著《呻吟语》闻名后世。《救命书》为时政、军事类作品，被宋恪符视为救时之作，故重新刊刻。

④ 枞阳：始建于战国时期的濒江古城（今安徽省枞阳县城关），皖江北岸重要的军事、经济与商贸重镇。太平天国运动期间，清军（湘军）与太平军屡战于此。1857 年 1 月，太平天国英王陈玉成、忠王李秀成于枞阳镇望龙庵召开军事会议（史称“第一次枞阳会议”），解围桐城，稳定省城安庆外围，恢复无为、巢县，攻占庐江。1858 年 7 月，陈玉成、李秀成再次召集各路将领，于枞阳镇望龙庵召开军事会议（史称“第二次枞阳会议”），大破清军于三河镇，解除天京与安庆之围。枞阳镇拱卫安庆城，湘军攻打安庆前，即首先攻克枞阳镇，以切断安庆城的军需供给与军事支持。

绅士起平安局于泮宫[①]，马水部[②]、光方伯[③]为总董，水部仲子仲榆、方伯季弟存之[④]，及大姓殷实之马幼白、吴师葛，皆自为四总职。出纳水部季子三俊[⑤]及秀才张勋[⑥]，又掖何老四、张观海、张七风［疯］子，及以浮躁削籍之未入【流】胡同贵入局，皆领兵勇执兵柄。二公老矣，且习不与乡事，名为

---

① 泮宫：指桐城县学，今不存。

② 马水部：马瑞辰（1777—1853），字符伯，安徽桐城人。嘉庆十五年（1810）进士，选翰林院庶吉士，历官工部营缮司主事、工部都水司郎中。马瑞辰曾两度失职，分别遣戍沈阳和黑龙江，后纳赎回籍。太平军进入桐城前，马瑞辰与地方缙绅组织团练，命二子团练乡兵，抗拒太平军。咸丰三年（1853），太平军攻陷桐城，仲子马仲榆为太平军捕杀。马瑞辰事先携家逃避山中，桐城民众痛恨马氏，引导太平军入山将其搜获。《清史稿》载："发逆陷桐城，众惊走，贼胁之降，瑞辰大言曰：'吾前翰林院庶吉士、工部都水司员外郎马瑞辰也！吾命二子团练乡兵，今仲子死，少子从军，吾岂降贼者耶?'贼执其发爇其背而拥之行。行数里，骂愈厉，遂死，年七十九。事闻，恤荫如例，敕建专祠。"

③ 光方伯：光聪谐（1781—1858），字律原，号栗园，安徽桐城人。嘉庆十四年（1809）进士，历任刑部主事、刑部郎中、湖北荆宜施道、福建按察使、甘肃布政使、直隶布政使等，引疾归。光聪谐为明季"阻南迁"者光时亨后裔，桐城团练发起人之一，桐城派作家中官阶品秩较高的一位。

④ 存之：光聪诚，字存之，安徽桐城人。诸生，议叙太常寺典簿，光聪谐之弟。

⑤ 三俊：马三俊（？—1854），字命之，安徽桐城人，马瑞辰季子。优贡生，举孝廉方正。咸丰四年（1854）六月，马三俊率练勇追太平军至舒城周瑜城，力战死，年三十五。其子马复震，字心楷，阳江镇总兵。同治三年（1864），马复震搜父残稿刊刻《马征君遗集》，左宗棠为之序。

⑥ 张勋（？—1854）：字小松，一作"小嵩"，安徽桐城人。诸生。张勋随马三俊加入平安局，咸丰三年（1853）十月十四日，太平军攻陷桐城县城，张勋又随马三俊起义霍山，转战舒城等地。嗣闻臧纡青统兵至桐，张勋往六安迎之，谓纡青曰："桐近日贼势与前不类，兵单援寡，难操胜算。不如先助攻舒，舒破，与秦军合，事乃有济。"又数以书劝秦定三攻桐城，卒不应，臧纡青亦不肯往。咸丰四年（1854）十一月十七日，张勋率部配合湘军围攻桐城，被太平军击杀。

总董，事皆子弟主之。

城中有力之家甚少，四乡又以积怨而不能合。富且贵者，但勒人出资，而自不能毁家纾难。官又亏仲榆元丰店[①]二万余千，取到四乡捐输军需万数，但交元丰，阴抵其所称贷之钱。

局中既逼捐，又勒按有赋六石者养勇一人，六十石者养勇十人，皆分养于其家。守城之日，兼养其孥。局中执事，多市侩贾竖，朱黑纷拿，俨然若官吏。有学术者，皆不愿与谋，谋亦不能用也。诸事非法，民莫倚之。直至腊尽，分养听练不过百余人，又皆恋身家、图口腹，许以不外调而后肯应募。而挟持无厌，诸家已积不能堪。承平日久，人不知兵。侥幸贼远则偷安，迭闻警报则遑遽，一筹莫展。巨镇且然，一官一邑何讥焉？

章甫、海云与同祖兄受伯、弟季芳，葬先大夫在亭[②]公、叔父小余公于般若社；葬吴氏叔母、刘氏巨嫂[③]于小走马岭[④]；葬受伯次弟云青子俊于大走马岭之潘家学，俱傍祖茔。时，万

---

① 元丰店：桐城马瑞辰家族所开钱庄号。

② 在亭：方江之父方心简（1784—1845），字际五，一字在亭，号莘农，府学附贡生，历官江苏新阳、吴县、无锡、吴江县丞，卓异升署靖江知县，补常熟知县，诰赠奉政大夫，宦绩载《安徽通志》。有四子：奎炯、奎焯（出嗣）、奎焕、奎璜，皆为官宦。

③ 巨嫂：长嫂，指方奎炯元配刘氏。

④ 走马岭：位于桐城县城西北，今安徽省桐城市文昌街道碧峰村境内。

家争葬[①]，土工不得暇，石灰且缺。凿碑且无石工，用墓志，俟生还者得改葬也。

桐人宦于楚者，眷属纷纷逃归，而桐人又纷纷避兵，挈家四出。季芳使其妇归宁于武涉，不果行。庐人余四，居老屋有年，季芳欲得护行者，使余四许其妇子偕往。余四以受太夫人[②]及昭甫[③]厚恩，临难而独得远出，不义孰甚，不肯行。

在亭公袭祖居，曰老屋；小余公新构，曰新屋。邮递机紧，家书莫通。于时，昭甫宦秦，卓甫[④]宦粤东，太夫人已就养秦中，音问俱不能通。

龙舒，重镇也。当江之中权：池、太、采石扼其下，九

---

① 争葬：争相土葬。旧时桐城地区有厝葬习俗，少直接血葬，厝葬数年或数十年不等，然后择日土葬。太平军阵亡将士多以火葬，遭清官方污化并肆意歪曲，民间讹传太平军强行毁棺，推行火葬，故赶在太平军进入之前匆忙将厝葬及亡故者土葬。

② 太夫人：方江之母姚氏（1788—1857），太学生姚兴泺之女，山东城武县典史姚元之妹，从九品姚华之姊。卒于其子方奎炯官所，葬陕西咸宁。

③ 昭甫：方奎炯（1805—1864），原名璥，字昭甫，一字子明，又字润之（咏之），号憬岩，安徽桐城人，方江之长兄。道光二十年（1840）进士，历官甘肃文县知县、陕西蓝田知县、四川打箭炉厅（今康定）同知、陕甘乡试同考官等，授奉政大夫。著有《方憬岩诗文集》《憬岩轶事》等。

④ 卓甫：方奎焯，字卓甫，方江次兄，时官广东顺德县丞。

江、小孤[①]蔽其上，而武昌其尤上险也。楚，五达之国，用武之地，而不可据守。贼自粤来，入蜀则弱、入秦则强、入豫章则缓、入河洛则急、入滇黔则偷，而贼已传檄远近，声言取建康[②]。制军[③]陆建瀛[④]，以钦差大臣督军守九江。上谕制军由陆路驰往，而制军以舟师溯江而上，保荐随营大员四，张南昌[⑤]其一也。南昌领万金至自建康，桐人请缨者踵相接。

三年[⑥]，正月八日，南昌公启行，会制军后队于王家套[⑦]。

---

① 小孤：小孤山，江中一座独立山峰，位于今安徽省宿松县城东南 60 千米，距安庆 80 千米，为“安庆门户”“楚塞吴关”。为阻挡太平军顺江东下，安徽巡抚蒋文庆派按察使张熙宇督安庆协副将庚音泰率兵勇 1500 人把守，并派嘉兴协副将田大武、游击孙国安率浙兵 700 人进扼宿松，以成犄角。咸丰三年（1853）2 月 21 日，太平军水陆并发，张熙宇“先日烧火药遁去”，守军溃散。同日，田大武弃宿松城逃窜，安庆门户洞开。

② 建康：今南京。

③ 制军：清代总督的称呼，又称总制，俗称制台，下属则尊称其为制帅、制宪或督宪。

④ 陆建瀛（1792—1853）：字立夫，湖北沔阳人。道光二年（1822）进士，历官云南巡抚、江苏巡抚等，道光二十九年（1849）四月任两江总督。咸丰三年（1853）正月，太平军弃武昌蔽江东下，陆建瀛自九江一路溃败。过安庆，安徽巡抚蒋文庆邀之入城，陆建瀛不理，径赴江宁（今南京）。太平军穴地攻城，陆建瀛欲逃入江宁满城（原明皇城，清八旗所驻守的内城），遭江宁将军祥厚拒绝。因多人合词参奏，陆建瀛被革职治罪，抄没家产。公文未送至江宁，陆建瀛为太平军所杀，朝廷恢复其总督衔，依例议恤，还其家产，御史方俊论之，乃撤恤典。

⑤ 张南昌：张寅，字子畏，号颐甫，明季山东左布政使、抗清殉国者张秉文后裔，安徽桐城人。道光二年（1822）进士，历官户部主事、户部郎中、江西九江知府、南昌知府等。太平军顺江东下，张寅随钦差大臣陆建瀛经安徽入江苏，在溧阳等地长期与太平军作战。桐城练勇及官商，多有投奔张寅者。

⑥ 三年：咸丰三年（1853）。

⑦ 王家套：位于长江北岸，今安徽省铜陵市郊区老洲镇境内。

张观海、张七风［疯］子，从募勇数十人随；张召信领千金，募二百人后发。皆市井游手，疲惰而无行者耳。

有蓝大者，自贼军脱归，言武昌已破，则十二月十四日事也。

蓝〖大〗役于徐黄州[①]十余年，黄州从军长沙，蓝以公事至岳州。贼获之，以为妖也，将斩之。贼呼官曰“妖”，辩而免。从攻武昌，匿于颓垣之下，呼城上缒之。得入，彻襟出文书。有提督某识徐公，使言徐公黔中平盗事，以为征信。四日黎明，贼以地雷陷城，城中大乱，妇女雉经死者无算。贼捉人服舁尸掩骼之役，学使某匿其真名与焉。文武大臣俱不屈，死之。臬司抱印升公座，骂贼死，尤从容。贼火武昌，大掠，载武昌男女，舟以千计，号称百万。

正月，将寇建康，蓝途中伺便奔桐。蓝言：“武昌兵非不足，以督军者，失兵心也。贼钻地中，石硁硁有声，抚军以为误听，且杖报者。”初，长沙城崩，大吏立予十万赏，镇筸兵[②]

---

① 徐黄州：徐丰玉（？—1853），字石民，安徽桐城人。徐丰玉应科举不遇，捐纳铨授贵州平远知州，署威宁，捕斩大盗，总督林则徐嘉异之，调黄平。“金田起义”爆发，蔓及贵州境，徐丰玉练民兵严加镇压，受到云南巡抚张亮基的举荐。咸丰二年（1852），擢湖北黄州知府。张亮基调湖南，奏调徐丰玉助守长沙。咸丰三年（1853），擢湖北督粮道，署汉黄德道。太平军由南京西进，张亮基令徐丰玉统湖北防军驻田家镇。九月，太平军由南昌退九江，进攻田家镇，徐丰玉偕总兵杨昌泗坚守。兵败，徐丰玉自杀，谥勇烈。

② 镇筸兵：以湖南苗民为主的清绿营兵，以骁勇善战著称，太平军进入湖南时调守长沙。

立杀贼抢城，城得不陷。至是，武昌之众皆持畚锸待事，抚军见之，哂曰：“欲得十万赏耶?”皆恚而罢。故城陷无一人救者，人谓之“一笑倾城”。

楚至建康，有水陆二路：水路，则长江直下；陆路，一则由英[①]而六[②]，一则由潜[③]而桐，俱可会于庐[④]、巢[⑤]，渡江而南，人莫能觇其所向。有谓三路并进者：一军由江，两军夹江而行，然分则势涣，首尾不相顾，知其谬矣。有谓已循河而北者，然琦侯[⑥]方以重兵镇淮、汝，正防其扼淮蔽江长驱而北也。至于长江天险，向提帅控其上，陆制军堵其下，势难飞渡，且火攻可以不择风也。故警信皆谓桐必有兵，意贼必分兵绕出龙舒，伺建康之无备，以掣制军之肘，而后分水军攻省会[⑦]。

是时，陆路如黄梅[⑧]、潜山俱不设防，人疑制军或故虚其一面，以诱其分兵，而后上下并力破水军。水军既破，向提帅

---

① 英：英山县，今湖北省黄冈市英山。

② 六：六安州，今安徽省六安市金安、裕安、霍山一带。

③ 潜：潜山县，今安徽省安庆市潜山市。

④ 庐：庐州，今安徽省合肥市境内。

⑤ 巢：巢湖县，今安徽省合肥市巢湖市。

⑥ 琦善（1790—1854）：字静庵，满洲正黄旗人，世袭一等侯爵，鸦片战争时期主和派代表人物。咸丰二年（1852），琦善组建江北大营。咸丰四年（1854）病死军中，谥文勤。

⑦ 省会：时安徽省会安庆。

⑧ 黄梅：位于鄂皖赣三省交界处，长江中游北岸，大别山尾南缘，今湖北省黄冈市黄梅县。

可乘虚取武昌，而后制军顺流而东，截陆路之渡江者，半日可至。故桐之必有兵，意中事也。

初，徐爵帅以向荣怠军心，又不听节制，劾之。上谪向荣于塞外，而未行也。赛阁帅以疏乞向荣，上许之，而旨未至，向荣已就阁帅军，上嘉其速。至是，爵帅以不能救武昌，逮问，而向荣遂代爵帅而钦差大臣。

十五日，大雪，平地尺。九江失守，贼屠城，遂陷黄梅。时无斥候[①]，又不能用谍，虽邻封消息，俱无的耗。桐人汹汹，谓巨绅某已逃，皆裹粮负子，窜走深山。六门罢市，扛负求质趋典库者，蚁至林立。千金之值，质钱不过数缗，箱笥堆雨雪中如山。

十六日，马水部、光方伯及南昌之太翁，以肩舆周游街市，但沿门谓“无事，勿惊恐”而已。其实诸家已先徙矣，诸公寻亦肩舆入山。

十七日，辰刻，有三骑执刀飞马，穿城而北。问何事，曰“追逃兵”；问贼所及，曰“及安庆”。时安庆已陷，而桐人皆以为贼尚在九江也。倾城出走，肩舆值加于寻常者三十倍。老屋、新屋，妇女、童稚六七十人，俱徙入潘家学。时，荒荒无际，草木皆兵，风寒雪紧，妇女啼泣泥淖中，山径为塞。

是夜，月光映积雪如昼，寒光逼人毛发。漏下三，陡闻异

① 斥候：侦察兵。

声如龙吟虎啸，鬼神踏［沓］至。风自南来，震屋辟户，甃甓皆鸣，如闻荒鸡，如楚歌。令人发豪想，又不觉心酸而涕陨也。一食顷而风过，残月西沉，万籁俱寂。

十八日，南昌后队[①]宿于天林庄[②]，溃而返奔。安庆溃兵大至，后队既莫知制军所在，又莫测南昌之所在，本无进志，故溃。城东南角兵嚣，闭城捉人，送其沿途所掠，声如潮涌。讹言谓："贼已入闭门矣！"城内大乱，妇女有被发跣足而奔者。城内无官，土匪乘机蜂起，绅士率乡勇夜巡。安庆难民至，皆曰："安庆闭不逾刻，开门迎贼矣。"

藩李本仁[③]、臬张熙宇[④]皆自北门出；抚军蒋文庆[⑤]乘两人

---

① 南昌后队：清军张寅部。

② 天林庄：又作天宁庄，位于今安徽省桐城市金神镇天林村境内。旧为安庆府至桐城、庐州等地的要道，清代于此设有巡检司。

③ 李本仁：字蔼如，浙江钱塘人。道光十六年（1836）进士，时官安徽布政使。太平军进攻安庆前，安徽布政司库有各州县解款三十余万两，冬漕待兑之米满仓，巡抚蒋文庆令布政司运往庐州（今合肥），李本仁留安庆守城。李本仁借保护军饷之名随船前往舒城，复至庐州，遭革职。安庆城内司库辎重粮饷，大多为太平军所获。

④ 张熙宇（1783—1853）：字玉田，号晓沧，四川峨眉人。道光十三年（1833）进士，历官揭阳知县、南宁知府等，署甘肃按察使、安徽按察使。太平军进攻安庆，张熙宇逃至徽州，后遭清廷处死。

⑤ 蒋文庆（1793—1853）：字蔚亭，汉军正白旗人。嘉庆十九年（1814）进士，历官吏部主事、曲靖知府、浙江按察使、安徽布政使等，安徽代理巡抚。太平军进攻安庆，蒋文庆知城不能守，吞金自尽未死，猛饮烈酒闷绝，属下以轿抬蒋尸出城，遭遇太平军，被戮尸。谥忠悫。

舆，甫及西辕，遇贼被害；怀宁[①]尉平源盛殉难。尉莅任始五日，闻警，与令许某约同死。及难，令为其仆拉去，尉乃诣狱门危坐。贼纵囚，囚请曰：“此好官，勿杀。”因劝蔚［尉］从贼，尉大骂。然见狱已劫，乃走藩库门坐。贼劫库，尉持不可，贼推之去。乃回衙，具朝服坐堂上，仰药死。妻孥皆不屈，死于屏后，三尺子无偷生者。贼为具棺殓，且跪奠之。

十九日，城内外炊烟不起，庐井寂寥。万户闭门，贴黄纸四方径尺，大书“训”字[②]。讹又相惊：贼有五百人徇县，以午时入。人莫测“训”字之所由来。

寻，有南门[③]外保正[④]言：昨夜三更，候差南门外，月黑中倏闻叱咤声，两骑飞至，黑人黑马，直抵城下。喝问何以闭门?保正答以贼乱。问启门时，曰：“天明，若有紧文走东门，我为副爷通之。”一人叱曰：“谁副爷？俺将军！”保正大骇，窜走。

五鼓后，有卖豆腐者报保正：夜四更起磨豆，闻叩门声，则见马上坐两黑人，授黄纸一册曰：“命各户照书贴之。”即控马北去，但闻遥呼曰：“否者斩！”越日，舒、庐一路皆已贴

---

① 怀宁：怀宁县。清代怀宁县治、安庆府治、安徽省治，均在安庆城内。

② “训”字：“顺”字。太平军新至一地，令居民贴“顺”字，以示归顺。

③ 南门：安庆城南门。时安庆城共有城门五座：东为枞阳门，又称东门；南为盛唐门，后改称镇海门，又称大南门；东南为康济门，又称小南门；西为正观门，又称八卦门、正西门、西门；北为集贤门，又称北门。

④ 保正，一保之长。清代保甲制，以十户为一牌，十牌为一甲，十甲为一保。

之。天地变色，豪杰伤心，民不足诛，实兵不足恃也。

逃兵流言，颇不理于陆制军，谓贼优待制军家，以是被挟。皖[①]倚小孤为门户，不设水师，而制军以登莱海上兵[②]营于岸上，以山东康氏陆路练勇当水师守孤山。众不听调，陆公将斩人以徇，而贼已并舟飞过小孤矣，众遂溃。

制军扁舟一叶，先贼过皖江，使一戈什哈[③]叩城而告曰："制台拜上大人，贼锋不可当，嘱大人静镇。"言讫，即扬帆直下。贼于船中，发伏骑冲登莱兵。登莱兵迎风发枪，枪皆回坐。兵皆待饭于城中，犹忍饥死斗，而城门启矣。贼焚安庆，又尽掠男女，空城而去。溷皖城者，凡四日。

〖桐城〗局绅假于官仓给贫人米，劝铺户粜贷饭店米，使卖饭，以食溃兵。樵不出山，又赴秋石锅，劝发其积薪鬻之。皆仓猝定乱计也。

土匪大起，远徙者多被劫，乡典抢夺一空。乡庄仓谷，刁佃多勾众强劫之。恶民张胆横行，带刀入市，于是各乡镇皆大起团练。

舒城土匪来桐搜山，乡农集众连败之，始散。兵局于练勇中，提得四十人曰"义勇"，誓于武庙[④]，饮血酒，遇土匪不

---

① 皖：皖城，时安徽省会安庆城。

② 登莱海上兵：调入安徽作战的清军登莱水师。

③ 戈什哈：清代高级官员的侍从护卫。

④ 武庙：关帝庙，位于桐城县城东作门内，今不存。

退缩、帖“训”字。

时，局中谈兵者皆遁，后稍稍渐集，建大旗曰“专防土匪”。总兵王鹏飞[①]、协镇松安[②]，收逃兵九百人驻桐，帮拿土匪，日食皆仰给于桐。讹传钦差周天爵[③]将至，奸民、逃兵皆夺气。顷刻，一城“训”字，涤洗不使沾留一纸影。

二十一日，局中捕土匪三人，兵促斩之。又斩一恶僧，人心大定。天林庄斩劫典匪洪小春。鲁王河匪某毁土神祠，曰：“即以此砖撞某人门。”脱裤囊神，倒竖之。乡人来捕，众皆遁，某独握两桁舞如癫，因缚而斩之。

二十二日，大风，霾，日不刺目，远日有光，如金线。掣斩牛埠潭土匪二人。协标兵五人者，酷嗜杀，时来局伺之。自后获犯有可原者，必藏之密室，局不能自主也。

---

① 王鹏飞：清绿营兵狼山镇总兵，时驻守安庆。太平军进攻安庆，王鹏飞带兵先逃，前往桐城县城。咸丰三年（1853），王鹏飞被“即行正法”于桐城县城。

② 协镇松安：协镇为清代绿营副将的别称；松安时任王鹏飞麾下副将。

③ 周天爵（1775—1853）：字敬修，山东东阿人。嘉庆十六年（1811）进士，历官怀远知县、宿州知州、庐州知府、安徽按察使、陕西布政使、漕运总督、河南巡抚、湖广总督等，晚清重臣。道光三十年（1850），周天爵任广西巡抚，会同钦差大臣李星沅镇压太平军。咸丰元年（1851）春，周天爵加总督衔，与向荣会剿太平军。周天爵于下属严酷，勤于军务，年届八旬仍每战亲临前敌，但与李星沅、向荣均不和。李星沅卒后，周天爵暂署钦差大臣，复因无功褫总督衔，回安徽省暂署巡抚，不久召京。咸丰二年（1852），周天爵奉命偕安徽巡抚蒋文庆组织防务。咸丰三年（1853），周天爵疏请江苏、山东、安徽、河南筹办团练。太平军攻陷安徽省会安庆，蒋文庆自殉，周天爵任安徽巡抚，九月病逝军中，谥文忠，袁甲三代领其军。

二十六日，县令进城，斩土匪齐小道士。连日天昏黄，且雨。吉总兵自楚至皖，遂拜疏称收复安庆。时，省城大员皆走集庐州。初，蒋抚军建议改庐州为省会，移屯军帑，未及奉旨，而贼已至。帑银三十余万、钱二十余万、火药五十余万，不能一日守，皆为贼有①。

二十八日，潘家学避兵人陆续旋。向提帅遣十人，曰查逃官。至桐，或谓瞷陆路有无贼兵，且疑民也。

土匪二百余人，伪为贼装，将掠枞阳。负苇薪，先爇关帝庙②。镇人集众，擒获七人，斩之。

枞阳仓漕，皆为贼封。赏地保③一黄帽、一黄旗，俾守之。时，贼所过、滨江仓，皆封之而去。土人莫敢取，而大营议饷，亦莫之筹及也。

二十九日，县令出城去，讹言有警也。

二月二日，丁祭④，清香楮帛而已。

三日，雨，戌刻，始闻雷声起自北，半夜始电，大雨如注，怒霆动地。

四日，大雷雨。局中逼捐输，且催旧钱漕。贼屠池州。烧

---

① 据《太平天国安徽省史稿》：太平军初战安庆，“缴获库银 34 万多两，制钱 4 万余串、仓米 3 万余石、数百斤至数千斤大炮 189 位”。

② 关帝庙：位于安徽省桐城县南乡枞阳镇（今枞阳县城）白鹤峰前，今不存。

③ 地保：保正，一保之长。

④ 丁祭：又称“祭丁”，旧时于每年阴历二月、八月第一个丁日，祭祀孔子。

芜湖、掠太平；贼过大通[1]，联三船、张锦帆，女乐侍酒，童子傅粉，被锦执旌旆，微飔荡漾，箫管细奏。缓歌而下濑，阻兵于天门山。夜取几案数百具，仰缚门扉上，几足多束草人，悬灯火，顺流放之。山上巨炮丛发，江上门扉浮沉，中炮复起。我军火器竭，贼乃扬帆鼓棹，呐喊下天门中流。

五日，大雨。五更，大风，震地隆隆，如有神物凭焉。伪丞相徐廷杰驰檄各地，略曰：虽曰人谋，亦有天意；又曰：务使老稚不惊，耕耘不变；又曰：大旱忧予，虎贲宁汝。披猖诞妄，见者发矗。

六日，阴晦。

七日，雨连日。兵过，向提帅陆路兵也。连城[2]毁寨，土匪大起，张蕚生[3]擒其族中匪类焚杀之，乃定。

先是，贼在枞阳，禁结寨操火器。于是，沿江毁寨，匿枪铳于塘中。无籍之徒，因之蠢动，张族尤骜悍不可制。蕚生初为寨主，忿恨欲死。或劝之："勿尔，公死，张族益肆矣，公但能制其族，庶有豸乎?"蕚生捉族人首乱者，笞之，愈乱，乃掘坑厝烈薪；捉不受教者，烧杀，连投数人。令曰："但捉至，即投之!"众始悚服。

---

① 大通：位于今安徽省铜陵市郊区大通镇境内。太平军进入铜陵，知县孙润率百姓箪食壶浆迎至大通，并将生姜、山药并装一桶为见面礼，谓之"江山一统"。太平军嘉而受纳，后调孙润入省城为怀宁县监军。

② 连城：位于安徽省桐城县南乡（今安徽省枞阳县枞阳镇）境内。

③ 张蕚生：安徽桐城（今安徽省枞阳县）人，地方练首。

八日，阴晦，严寒。兵过骚动，见猪谓之“野猪”，见鸡谓之“野鸡”，即宰割而群啖之。有裹头短衣者，会食如僧。食毕，袖出仔香三寸许，焚黄阡，合掌默咒有词。数日不绝，又无文书，人皆疑惧，以为贼。

九日，阴晦。兵闹官堂。有兵被扒窃，扭得窃者，请官治之。官怯不敢出，遣人赴局借乡勇；又请武营，更待丞尉传呼军健。迟之又久，兵疑不为理，鼓噪。门丁且倚势索验其腰牌，兵忿，拔刀而呼，皆曰：“我等过县，未尝费彼一文，反纵贼害我，似此官何不杀为?”外兵汹汹入城，市中仓皇闭肆，城中大乱，争逃出城。有六品领兵弁疾入压定，令乃使尉代问。兵不听，曰：“以小官搪我。”于是丞弁升堂杖窃者，使荷校[①]，游城外，兵乃出，皆称丞贤。绅士进见，啧有烦言，令无辞。

初，令匿于义兴桥[②]方某家，方饮酒，皂隶何才领乡勇往迎之。仆白何才以兵至，令失色，不觉酒卮之堕地也。难不出虞，省垣显者，且茧足夜走。令以漕次独得肩舆，行二三里，轿头[③]自后奔至，诡曰：“来矣!”令急下，曰：“何所见?”曰：“黄帏轿，黄旗伞!”令急使烧其肩舆，轿头不肯，乃自索火。众曰：“事亟矣，不如弃而疾走。”

---

① 荷校：以肩荷枷，即颈上带枷。

② 义兴桥：疑为义津桥，即今安徽省枞阳县义津镇义津街，旧时为大村落，亦为水陆要津。清代桐城首富方氏家族，即居于此。

③ 轿头：负责管理轿夫的头目。

十日，兵强驻城内。令懦暗，又少不更事，眷寄绅宅，即兵噪，亦辄遁至廨后山。山通宜民[①]、北拱两门也。镇将拜谒，三至不见，又不答拜，镇将怒。是时，城外民皆空屋避兵，兵有帑而饥。于是，城内刍牧杂沓，兵尽在城。局中具酒馔，丞尉送至行辕，曰："兵住城内，原无猜嫌，而愚民无知，惊慌无措，桐父老敬具敬腆，使某将其诚意。"镇将曰："非我兵也。为我敬谢父兄，我得一见县官，光宠多矣。"辞不受。

十一日，绅士护从县官，出拜镇将。昨，绅士进署，以三人入见，群俟于阁门外。令以疾告，乞以明日出。三人退，群阻之曰："不见官，汝不得出。"三人称："官疾，且以明日告。"众攘臂曰："明日无官，殴汝。"诘朝，令又曰："恶风，且无风帽。"绅士取风帽戴之，拥而出。镇将望见，曰："县主病，错怪矣。"乃促令返，留绅士叙言。

绅士言兵士骚扰状。〖镇将〗曰："此皆非兵，军中所谓'闲打浪'者也。"兵有穷戚，随营而为兵役，先兵而行，撞州县供给，最可恶。凡先至而队中无火器者，皆是也。时，适有"闲打浪"闹典肆，乃发麾下五十人拿之，兼逐城内宿兵，绅士乃乞五十人留三日。"闲打浪"，疑即长夫[②]。每兵百，用长

---

① 宜民：桐城县城宜民门。清代桐城县城共有六座城门，计四正门：东曰"东作门"，南曰"南熏门"，西曰"西成门"，北曰"北拱门"；二偏门：东南曰"向阳门"，西北曰"宜民门"。抗战时期，为疏散人口以备空袭，于1939年春拆除城垣。

② 长夫：长伕，军队长期征用的民夫。

夫八十：三十执炊，五十担锅帐器械。粮台日给，与兵同。

得昭甫秦中手书，云："陕西防堵于商州，荆紫关、老河口有土匪窃发。陕西南控楚，而襄樊非秦属也；北接晋，而大庆关非秦属也。"

海云尝由豫入秦，心画地势，盖函谷可守，而潼关则用武之地也。昭甫亦以为潼关滨河，处处可渡；且以为寇若自楚直走龙驹寨，则已在函谷以内矣。如人之守门户，而贼由墙隙入堂奥也。故欲三秦无恙，必不分畛域，而扼险必及晋楚豫之地。否则，风鹤之警，时在东南，晋楚豫未必肯守，其后户以为我之前藩也。昭甫之论兵如此，真有心人哉。

来书召海云曰："予欲得弟奉太夫人耳，吾当以身许国矣！"盖蓝田军务倥偬，昭甫能执法、制兵、卫民，声及境外，凡骄弁悍兵过境，皆栗栗。

十二日，黄沙。安庆兵相仇杀，向提帅前哨不戢，松协标兵杀之。大队既至，见协标兵则杀。协标兵少，欲致死与战，松不许。提帅至以告，向自为引咎而已。兵过枞阳，与幕某争娼，戳伤幕腹。土勇格杀兵，地方惧祸贿和。

时，御史金肇洛[①]疏："兵之为害，恐扰民激变。"真远虑也。其称明季谣："贼如梳，兵如篦。"又谓："今人谓兵见贼如鼠，见民如虎。"皆切中情弊。行无伍、战无阵、住无营、

---

① 金肇洛：字云卿，号虞卿，浙江仁和人，道光二十年（1840）进士。

军中无米，此用兵之所以不古若也。三三两两，徘徊于菜馆酒肆之中，猝遇蜂攒之贼，焉得不奔，是之谓“防堵”？挤挤挨挨，观望于挨炮抬枪之后，迫于火药之穷，焉能不溃，是之谓“打仗”？兵因米于商，何能裹粮而逐贼？贼掠粮于野，反能括粟以困兵。顾思名义，何以谓之粮台？驴耳易以失，马首无可瞻。人自为战之法不明，首动尾应之理不解。趋利百里，只好量沙；闭市三朝，自然减灶。谓非将帅之责乎？是在因时制宜，准今酌古。

十四日，斩劫盗，巢人。

十五日，爵帅琦善、参赞胜保[①]督大兵过，大索“扎包兵”。扎包兵，即所疑为贼者，皆乘川马，自称向帅麾下，盛称向威勇，且自夸敢战，一路诈饮啜，捉鸡犬而已。及庐州，庐人截杀数十名。折走舒城，又截杀之。至是，仅存百余人。大兵过则皆藏其包头，兵去又复扎之。

王镇公子自贼中来，乃领兵逐之，绅士率义勇从。扎包兵皆弃包匿马散走，或走人家求庇。此辈杀之不可胜杀，反恐其

① 胜保（？—1863）：字克斋，清军统帅。咸丰三年（1853），胜保与钦差大臣琦善等在扬州建立江北大营，任江北大营帮办军务大臣，截击太平军北伐。同年授钦差大臣，因攻高唐不下遭革职。咸丰六年（1856），复授副都统衔，帮办河南军务，赴皖北镇压捻军。咸丰八年（1858），招降捻军领袖李昭寿、苗沛霖。咸丰十年（1860），支持慈禧太后、恭亲王发动“辛酉政变”立功。同治元年（1862），苗沛霖诱捕太平天国英王陈玉成，献与胜保。同治二年（1863），胜保因“讳败为胜，捏报战功，挟制朝廷”获罪，被命自尽。

挺险走贼，不如因而用之。彼曰：川人则使川兵认之，稽其里族之对否，分插于各标下。无可稽者，给文凭，注其所过州县，递归乡里。预檄知各路：所应过，给其资粮；所不应过，至则杀之。即间有窜走作奸，亦不至百十为群。设有枭雄捻之，又生他变。

舒人杨二郎，统集土豪，为沉机观变之举。周将军使人招之，许杀贼报国，赏以六品衔，殊怏怏失望。杀扎包者，即其麾下。国家用人之际，似不可拘于资格。度其可用，则重用之；不可用而力能制之，则杀之而收其众；不可用而力不能制之，则与以虚名而阴羁縻之；不可用力又不能制之，又不能羁縻之，则速乱。

十六日，午刻，西风大作，骤雨横飞。舒城山裂，山名抱儿岭，在桐之北、舒之南。前数日，青烟突出，绿火冲天，忽有声如万炮并砉，遂裂。相去数亩，而土石不倾。

十九日，藩司李，札刘州判署县事，宋令不交印。先一日刘至，馆于试院，出札，有“宋令病重，不能振作”语。宋恚，而旋闻李拿问旨，乃急禀署藩庐凤道，乞病假。请代理者，而刘不知也。假衣冠于绅隶，以舆从迎至署拜门矣。

始，宋曰：“印在署，交。”故刘至，至则迎进厅事。一幕宾出见，曰：“居停致意，印当俟新藩宪札也，本乞病假。”刘无如之何，而书吏，遂不复供应。一仆持数十文市米薪，就试院自炊。

卷　二

初，李藩出走之刘寓，遂与刘密走庐州，途中皆以刘公干庐州为言。过桐，令遗之袍服，既而自庐返省，则驿备驺从矣。令失迎候，又不能供给，故不悦。

二十日[①]，始知贼已陷江宁。陆制军既返江宁，安坐衙斋，三日不发一策。苏抚杨文定[②]奉命在宁，借言守镇江，径

① 二十日：咸丰三年二月二十日，公元1853年3月29日，此距太平军攻占江宁（南京城）已过十日。

② 杨文定（？—1856）：安徽定远人，道光十三年（1833）进士。历官刑部主事、刑部郎中、广东惠潮嘉道、江苏巡抚等。咸丰三年（1853），杨文定奉命守江宁，闻陆建瀛兵败，退守镇江。江宁陷，杨文定自率艇船八、舢板十二泊江中，未能组织有效防御。镇江复陷，杨文定退江阴，诏革职逮治，定斩监候。咸丰六年（1856），免死遣戍军台，旋病故。

出。江藩祁宿藻[①]留之，涕出，不顾也。将军祥厚[②]血书入告，而贼已于〖正月〗二十九日合围矣。宿藻巡城呕血，殒于城上。

二月六日，贼以地雷陷城，祥厚率满兵血战夺城。贼既入，复出。十日，城复陷，贼数十万攒入。祥厚力竭死之；制军方以肩舆出，死于乱贼。满城[③]驻防犹死守，妇女皆登陴，椉石以投，犹希冀援兵即至也。又三日，城陷，贼尽屠之。

制军之在九江也，贼锋既逼，道员王彦和[④]请走镇江募水勇，制军方倚彦和以为重，许之。又请令箭文书，皆与之。赁舟不可得，又入求制军坐船，欲勿与，而事已急。乃刻日约以

---

① 祁宿藻（1801—1853）：山西寿阳人，户部尚书、军机大臣、体仁阁大学士祁寯藻六弟。道光十八年（1838）进士，时官江宁布政使。咸丰三年（1853），太平军围攻江宁，祁宿藻守城劳瘁呕血而殒。

② 祥厚（？—1853）：爱新觉罗氏，满洲镶红旗人。历官镶红旗蒙古副都统，山海关、熊岳、金州副都统，江宁将军。咸丰三年（1853），太平军顺江东下，祥厚为钦差大臣兼署两江总督。太平军攻打江宁（南京城），祥厚中炮而死，谥忠勇。

③ 满城：江宁满城，清代江宁府城内八旗驻防城。顺治二年（1645），清军攻占南京城，圈占城东明皇城，驱逐居民，改为八旗营房。江宁满城城墙东、南两面利用明南京城城垣，西、北两面利用明皇城城墙，西南角紧邻通济门，西北角在竺桥附近，全长11千米，约占南京城总面积的20%，是清代各驻防城中面积最大者。1853年3月19日，太平军攻破聚宝门、水西门、汉西门。20日黎明，太平军进攻满城，全歼守军。攻破江宁满城，标志着江宁全城被太平军全面占领。29日，天王洪秀全入城，改江宁为天京，定为太平天国政权都城。

④ 王彦和（1794—1855）：字子美，江苏高邮人。历官广西玉林知州、广西太平府知府等，道光二十六年（1846）任安徽宁池太广道，道光二十九年（1849）署安徽按察使。咸丰二年（1852），因剿太平军，王彦和奉旨军营差遣，往浙江调办徽州善后，旋病卒。著有《养余室杂著》等。

水勇会九江，使乘船即行。彦和乃以制军船日夜兼进，趋抵江宁，径入城，移其眷属，辎重尽载，莫知所之。

眷方登舟时，遇方观察子妇，南昌之女也，出走失资，佽之五十金，俾返桐城。彦和以宦致富，累百万，向与南昌亲昵，制军保荐随营四大员之一也。

窥贼之形势，一野尘耳。渠魁若有权而非能驱使，群丑若听命而不过伙从。是以，至则皆至，同争利也；去则皆去，同避害也。未尝远走分掠，不能坐而指挥也；未尝同窜，一当我军，志在金帛子女，而莫肯效死也。此进则相攘，退不相顾，触处遭孤注之忌者也。我军若于此时四路齐进，犹可一网而尽，否则事久多变，他日之形势，未必犹今日之形势也。使今日所不能者，他日尽能之，则贼一返，窥长江之上游，历掠当日所弃之城邑，恐夜郎有自大之心，而蚩氓亦疑其可大矣，是谓滋蔓。

嘆咭唎[①]请以铜炮、火轮船助讨贼。石晋之借契丹，弃其北地；李唐之拜回纥复我东都，夷于中夏。惟利是图，助顺助逆，彼而择焉。而今日之夷，又于古有间：鬼馆帐房[②]近在陬澨，夷官胡贾，习于吏民。招亦至，不招亦至也。瘈狗噬人，本无仇怨；妖鲸扳浪，必及沧溟：我有害彼亦有害也。特恐不胜，则彼易与贼通；胜之，则我难酬彼欲。盖夷与贼相倚伏也。

---

① 嘆咭唎：英国。

② 帐房：军帐。

辛丑、壬寅之役，即所以启贼伏莽之心。壬子、癸丑之兵，又所以动夷含沙之计。故我灭贼，即为惩夷之师；我若资夷，终非用兵之利。

时，镇江已陷，杨文定又以出城御贼走。扬州奸商[①]醵金赂贼，贼陷扬州益穷掠。向提帅传檄罪己，以唤夷炮船助讨，布告江南。

二十三日，斩伙劫轮奸犯一人。犯十余人劫其邻，脱两门扉，缚其子夹之，压以巨石，而强奸其养媳，轮逼之。捕获两犯皆严姓，宋令以欲生之。严族公揭请杀之，且曰："不诛将有后患。"迟数日，迫于公论，斩一人，其一则曰："待彼父至，质之。"严族恚曰："天下有肯死其子之父耶？"

二十五日，阴晦冥黑，细雨，一日数警。上以侍郎李嘉端巡抚安徽。

初，江南土匪群聚为乱，贼所未到之处愈多，忽闻周将军来为巡抚，各震恐，潜散颍、亳之间。商族夜行，嗣闻将军辞命，而稍稍窃发。而谣传五公子[②]来，奉令箭巡行郡县，凡有

---

① 扬州奸商：江寿民，扬州绅商。道光二十二年（1842），英军攻陷镇江，江寿民领头筹资十万两银"赂夷"，英军承诺不攻打扬州城。据《咸同广陵史稿》：太平军攻陷南京时，扬州城中兵士不足千余人，城中人为图自保，漕台杨殿邦、知府张廷瑞等与城中士绅、商贾大户商议，由江寿民出面与太平军议和。"二月初四日午刻，江寿民遂具牛羊各数十头亲往南京，入贼营犒师。"杨秀清承诺，扬州城百姓只要用黄纸上写"顺"字贴门，太平军则"秋毫无犯"，"彼此相安无事"。此后，扬州城官员及清兵撤出城外，太平军顺利进入扬州。

② 五公子：周天爵之子。

公馆处，指为五公子设者，土匪俱敛迹不敢近。

颍、寿捻匪[1]啸聚，动辄累万。主之者，多绅宦旧族，始以团练招集豪强，既而资粮不给。又闻皖、宁皆陷，遂谓江南无长吏，纵之劫掠，有“十大帅主”“十三天尊”之号。掠四轮车数千，叠架为垒，藉河为壕。官兵至，则枪炮出自车隙，兵不能渡。

寿州牧金光箸[2]，素为豪党所畏，年四十余，修干盱目，善超距，多膂力，向来拿捉奸侠，辄昏夜独与一哑老表俱。至是，帅练勇百人驰及正阳关。关上前一日，已烧成灰烬。“帅主”“天尊”闻金至，皆出拜。金佯惊推案起答曰：“公等爵命是何国所封，太平王耶？暎咭唎耶？”众汗流浃背，叩头伏罪。金忽睁目踞坐，怒曰：“今日州官杀人，法在即王命也！”众愿效命，乃赦而用之，皆劲卒也。

其后月余，回豪[3]陈某与颍州守结为刎颈交。陈与汉侠张某相恶不容，诈得小钦差孙观令，诬张不轨，以兵拿僇之。众汉忿，围颍索陈。颍东皆回籍，遂纵火焚杀，数十里内，回民死者不下数万。回妇女多以舟遁，犹追淫而杀之。回户皆悬猪

---

① 捻匪：捻军，活跃于长江以北皖、苏、鲁、豫四省部分地区的反清农民武装势力，与太平天国同时期。

② 金光箸（？—1857）：字濂石，直隶天津人。捐纳入仕，历官安徽青阳、定远知县，寿州知州。金光箸长期在皖北与太平军及捻军作战，有“吏治战绩为安徽第一”之誉。咸丰七年（1857）春，捻军龚德部攻正阳关（今安徽省寿县境内），金光箸偕副都统德勒格尔率军迎击。闰五月，金光箸与捻军战于沫河口，舟覆身亡，诏赠布政使衔，谥刚愍。

③ 回豪：回民头领。

肉于门外，示非回也，犹不免，而颍东遂为瓦砾场矣。

有黄守备者言：从恩将军守鼠须峡[①]，峡极险，百人可守。贼船将下，将军自起燃炮，回顾守军皆溃。炮中一船，沉。左右惟守备暨武弁数人，在后船涌下。守备曰："盍走矶头击贼?"将军曰："着武弁!"又溃。且曰："黄某不彀，友媚将军而欲杀我乎?"将军慷慨长吁，肩抬枪顾黄发之，腕震且裂，杀数人，船已下峡矣。将军忿，自投急湍下。黄哭且呼曰："将军尽忠，黄某誓杀贼报将军也!"将军忽尸自江底直起，植立水上，胄甲整束。黄拜而负之，奔走两日夜，乃得就殓。怒发犹上冲。

二十六日，祀先忠断事公祠[②]，无牲。县内十祠皆以乱辍祭，无牲，无官祭也。乡邑先贤幸有子姓私祭，而史阁部[③]、

---

① 鼠须峡：老鼠峡，位于今湖北省广济县境内。1853年2月，太平军自武汉水陆东进，清总兵恩长于老鼠峡构筑长江防线。2月15日晚，太平军突破老鼠峡江防，恩长自溺身亡，九江门户洞开。

② 断事公祠：位于安徽省桐城县东门内，祀明靖难死事方法，今不存。方法(1368—1403)，字伯通，直隶桐城人，方江五世祖。建文元年（1399）举人，官至四川都指挥使司断事。永乐元年（1403），明成祖即位，诸藩表贺登极，方法拒署名，投笔出。俄尔被逮，解付南京。舟至安庆府望江县境内，方法慨然赋诗二章，投江而死。

③ 史阁部：史可法（1602—1645），字宪之，号道邻，河南祥符人，明末抗清名将。崇祯十年（1637），史可法巡抚安、庐、池、太等地，率军在安庆、桐城一带围剿张献忠部。明亡时，官南京兵部尚书，故称阁部。南明弘光元年（1645），清军破扬州，史可法不屈死。因保卫桐城有功，后被地方立祠祭祀。

黄将军[1]、窦将军[2]、张杨二公[3]之不祭。可知数公于今日之人心、时事极有关系，不祭更可知。

二十八日，遣余四报平安于秦中。余四，义仆也，不避难，不怯劳，虽有贪心，家贫而多口，可恕也。

二十九日，昭甫专足徐松龄至自秦，已知贼下九江，必及江南，特取平安报慰安太夫人也。是夜，雷雨。

上辛[4]，上有事祈谷坛，以寇贼蹂躏，百姓流离，下诏引过罪己[5]，恐惧修省。劝民间团练，筑寨挖濠，财用不经官

---

① 黄将军：黄得功（？—1645），号虎山，开原卫人，明末著名将领，封靖南伯。明亡后，因参与拥立福王朱由崧，晋为侯爵，与刘良佐、刘泽清、高杰并称为江北四镇，后在荻港与清兵大战时兵败自杀。黄得功曾于桐城大败张献忠，后被地方立祠祭祀。

② 窦将军：窦成，四川人，因保卫桐城县城遭张献忠部杀害，后被地方立祠祭祀。清刘大櫆《窦祠记》："桐城县治之西北有窦祠，邑之人所建，以祀蜀人窦成者也。明之亡，流贼将破桐城，成有救城功，故邑人戴其德，而建祠以祀之也。"

③ 张杨二公：明末桐城县令张利民、杨尔铭。张利民，福建侯官人；杨尔铭，四川筠连人。明崇祯年间，张献忠曾六次率部攻打桐城县城，张利民、杨尔铭率军民坚守，迫使张献忠放弃攻打桐城县城，后人于城内立祠祭祀张、杨二令。

④ 上辛：农历每月上旬的辛日。

⑤ 罪己：罪己诏，古代帝王在国家出现严重问题时，发布检讨自己过失的口谕或文书。咸丰二年（1852），咸丰帝因出现太平天国起义和严重自然灾害，向天下发布罪己诏，云："自登基二载以来，无日不以敬天爱民为念，兢兢业业，夙夜不遑，何敢稍存满溢之志，致开逸欲之萌。然因循疲玩，法令废弛，以致盗贼横行，重烦兵力。劳师糜饷，未能迅就荡平，皆吾罪也。而南河丰工漫口，至今尚未堵合，灾民荡析离居，更为可悯。均朕薄德，惟有自省愆尤，倍深刻责而已。"咸丰帝当年曾两度发布罪己诏，刊刻发行，宣示中外，同时任命数十位团练大臣，希望通过清军和民兵镇压太平军。咸丰四年（1854）起，咸丰帝对平定太平天国运动已经失去信心。

手，乡兵不准远调。我朝深仁积泽二百余年，瓜瓞之绵，方开七叶，父子相继，圣贤相承。三五以来，如斯为盛。天眷愈隆，投难翼德。皇仁益溥，挹咎恤民。食毛之类，匪兕无磋。在野之臣，闻鸡亦舞。

是月，向提驻营秣陵镇。

三月一日，县丞陈建章[①]代理县事，宋令暂以病乞假也。印乃在宋。

三日，戌刻，怒雷雨。

四日，吉林兵[②]过，极严肃，俱撑帐宿于濠外。

六日，局中大会，绅衿议增练。

时，贼将由巢犯庐，庐土匪谋应贼，建旗称“顺天王”，刻期攻城，官率兵击之，乃徙踞庐江一路，迫桐不及百里，故议增练。

初，庐州土豪谢珍科横行乡里，大吏捕杀之，系其党数人于狱。皖城陷，纵狱得出，乃与珍科子构谋为复仇计，故聚众作乱，声言会贼，以壮声援。或言科亦在狱未决，其子谋将劫狱，既得纵归，见乱迹已著，遂与其子挟众为变。

有自金陵归者言：向帅围贼，日进营五里，逼城甚近，檄示诸胁者，毋徒为贼死。接战时，但能跪而投戈者，皆不以贼

---

① 陈建章：桐城县丞。据胡潜甫《凤鹤实录》：桐城时任县令宋恪符，县丞陈建章，典史王廷基。

② 吉林兵：调入安徽作战的吉林旗兵，清八旗兵中的王牌军之一。

论，说明愿留者用，愿归【者】给凭且资之。由是贼势渐解，日有走者。贼以夜劫营，向帅知之，勒兵以待。贼返奔，出营追之，忽贼后有数十人接住，摇手使勿追。挈回营讯之，乃知贼掘坑以待，将陷我兵而后反扑。明日侦之，果然，乃厚遇之。

贼始入宁，即建造伪宫①，自城外山阜望之，负梁运甓，役者如蚁，至是不复见矣。

凡遇劫营，前惧有诱，后惧有伏，出营接战，危道也，矧追蹑乎？不知其至，贼来仓猝，宜坚守勿动。贼已入营，宜登壁击射。贼陷一营，即齐出围之。天未明，勿妄杀。预知其至，宜先制其伏，勿使乘虚窃入。或伪懈其前，反使陷入我伏。旁立一枝，掣其救应，天未明，急歼杀。

侍郎吕贤基②，奉命为团练钦差大臣。侍郎旌德人，疏

---

① 伪宫：太平天国王宫，位于今南京市“总统府”内。咸丰三年（1853）3月19日，太平军占领南京，辟两江总督府衙为天王洪秀全王府。同治三年（1864），湘军攻陷天京（南京），焚毁天朝宫殿。同治九年（1870），于此重建两江总督衙门。民国元年（1912），设为临时大总统府。民国三十七年（1948），改为国民政府总统府。

② 吕贤基（1803—1853）：字羲音，号鹤田，安徽旌德人，道光十五年（1835）进士，历官工部左侍郎兼署刑部左侍郎等。太平天国声势日张，安徽绿营兵为各省最弱，境内无劲旅，团练散漫无可恃，咸丰三年（1853）正月，吕贤基奉命回安徽督办团练。七月，太平军陷英山入太湖，吕贤基檄游击赓音太、伍登庸击走之。八月，太平军自江西入安庆，吕贤基赴舒城、桐城劝募团练，赓音太、伍登庸战殁于安庆集贤关。桐城失守，吕贤基驻舒城。十月，太平军攻克舒城，吕贤基投水自尽。

请勒民团练，以坚壁清野困贼，仿嘉庆初年平川楚教匪案例。团练杀贼者有赏：秀才准作举人，举人准作进士。上以侍郎江南人，因有是命。檄至，桐局中人颇鼓舞，遂揭报马三俊、胡同贵，招募防堵，剿平土匪。而张观海不平，攘臂争之，乃添驻［注］张勋、张观海、张七风［疯］子、何老四共六人揭之。

时，局勇仅三百余人，皆合城分养，合城捐输，局又攘之并请帑。已入银二万余两，总虞不足，又多引不靖，以为催捐之鹰犬。局中既不洽，局外一无与者。闻吕钦使将过境，欲耀兵焉。城内外僮竖菜佣，诳充练勇，资动公储，士商领队，倾城皆出。啧啧议之，恬不为耻，自爱者皆笑置之。

贼传布伪诏，以二月十五日巳时僭即伪位，于制军府称天王，妄称免江南租税四年。贼伪历[①]单月三十一日，双月三十日，无闰无大小建。彼二月十五日，非我之二月十五日也。

传闻嘆夷，贼船于铁瓮城，夺其货宝，杀贼数百。嘆蛇豕之性，惟利是从，不足恃也。谋国者，莫如用粮船水手于

---

① 伪历：太平天国历法，即“天历”，冯云山创制，辛亥（1851）颁发，壬子（1852）实行。1858年，洪仁玕借鉴西历重作改进。天历承用干支纪年，以三百六十六日为一年，一年十二月，大月三十一日，小月三十日。天历是中国首部太阳历，也是世界上相当科学的太阳历。

江上，戢鹾场盐枭于淮浦，留吉林将军劲卒于兖济，各置之于所习利之地，使各奏其所长，互相犄角，即互为制也。而各路本兵得以齐集，并力秣陵，榉发上下江。漕当贼冲，为贼封者，调备军食，酌调折色充军帑，毋济盗粮。且免无藉者附贼，兼预使知我兵力非全注江南，不敢乘虚扰北燕赵间。倘有内警，吉林军返旆即是，而齐鲁之愊，淮颍之捻匪，莫敢妄动。至于嘆夷，有志助讨，其意可嘉，准其纂兵自卫，防贼出海而已。

夫贼生长深山穷谷，非真素惯水战者，虽有江船，而篙师、柁工但知水性，不谙机宜。况又属胁从，多情愿弃船逃走者乎？若用镇江水战师舰，插以粮艘，水手蒙冲，哈叭破浪如飞，泅勇潮儿踏涛如戏，彼分之则恐有变，聚之则畏我火攻，凶锋一挫，势必弃舟陆路。我可风而预置伏于所走之地，盐枭火枪、毒手短兵，杀人阡陌高低，昏暮出没。当此道途梗塞，私贩不行，用之拒寇，起伏隐现，可作奇兵。故宜南之陆路，吉林吞膻啖面，土性所宜。漠北驰骑平沙，万里游骑往来，射疏及远，用之击贼，远冲近突，可当正兵。故宜于北之陆路，总之粮伍利水战。吉林利野战，盐枭利攻拔，而绿营若得良将统之，皆可酌用，或利围，或利守；无良将，则利走。晁内史以卒，与敌之算，可不计哉？

九日，庐匪谢珍科南掠，舒人杨二郎大败之，窜走。

十三日，北乡团练十六保防堵北峡关[①]。杨二郎夜设伏于梅心驿，大败土匪。土匪窜踞南蒋[②]，裹胁愈众，声言犯桐，桐大震动。

北乡董戴锡三，乃以十六保团练据练，防乱之急务也。而城虚名，乡多实效，守城功罪应在官：官强则绅怨，官弱则绅侵。多则心不一、事不公，而民弗从，鄙夫思染指，贤者甘抱膝焉。乡间权应在衿耆，荷锄负耒辈耳目所及，但曰某翁耆衿耆。素有才则人信，素有望则人服，素为富豪则人皆不肯离散。名重则断事如官，权一则出令如帅。城乡执事不同，此大较也。

城中富户多而巨富也。富家又有名实之异，巨富有事则应毁家纾难矣！而必集其费于比户编氓，利其民而复利其，故为利而搀入者，不能禁。臂［譬］如良医，人自肯托病也；臂［譬］如良御，人自肯与乘也。否则庸医馈药而强人试尝，贱御执朽而诳人王良。谁能荡赀货产，而结游食子，使行贾乎？强者挠，弱者噱，况有亲谊者富亦贫，贫无情分者贫亦富乎？

---

① 北峡关：位于今安徽省舒城县、桐城市交界处。《舆地纪胜》卷四十五“庐州”：北峡关“在舒城县南四十五里。关南属安庆府。关门楼堞修砌悉备，官兵守把，为入蕲黄之要地”。北峡关亦为安徽省城安庆北部门户，清军以及舒城、桐城练勇与太平军多次激战于此。

② 南蒋：《凤鹤实录》中作“南奖”，位于安徽省舒城县南港镇境内。“蒋”“奖”本字作“塂”，南蒋为古驿道所在，介于三沟驿与梅心驿之间，为交通要道与军事要地，太平军与清军及地方练勇多次于此交战。

乡间小村并于大村，小户仰于大户，富者不多而谁为真富？即为向者任事之人，结寨则贫富并粮，计口授食，容有悭吝，必无侵渔。富者倚贫以卫资，贫者倚富以为命，捐其利斯专其名，一不任而家亦破。城乡财用不同，此大较也。

城中衣冠之族多，而习劳者少。一旦招募，不过游手无赖，利坐食，乐生事耳！居然殃民之兵，兼学括财之隶。昔日为棍，今日为勇，招之则勇，遣之贼盗，见贼即散。本无害于己之身家，见货必争，动估价于尔之性命。乡间人则胼手胝足，农器皆兵；家则栉比井连，耦耕即伍。见灶派丁，闻锣就队，有警齐集，无事归耕。各免年丰啼饥之苦，居然农隙讲武之风。城乡招募不同，此大较也。

城中团练欲有实效，莫如乡城洽和。始分练之本乡，使皆习惯，继重募之在邑，自欲呈能。先不攘民，后不縻饷，领队即用其族长。彼自乐为尊者争功名，大柄必归之县官；彼自甘为神君尊号令，仿在乡之执事而谋。元帅当使斠若画一，仿在乡之财用而筹军需，当知有开必先积习破，城乡互求。一旦用兵，奇正迭出，仓猝之间，万人可办。盖尊而有统，公侯干城统而亲公侯腹心。古今容有悖情拂性，而能集大事者？

十四日，斩逼奸女幼犯三人。局勇搜贼赃于萧家店，既回城，倏有自称乡勇者八人，逼奸民家二幼女，曰："汝家未搜，我护之也。不从，我便告汝家土匪。"皆强污之。父兄回，二女哭诉。人有识其中三人为捕役者，告局，擒之。皆自认，临刑犹戏谑如无事。

十五日，雨，殷雷。杨二郎大败舒贼于南蒋，生擒四十余人，余匪溃散。又败庐州股匪，获头目陆遐龄[①]。

十七日，狼山镇总兵王鹏飞，以九江失，律斩于桐城。王时奉向帅令，自省赴江北防堵，舒令钮福畴[②]以周将军令，赍旨行法，遇之于天林庄，遂返尾之。至桐，邀王相见于县署，出旨，斩之于堂下之西。偏桐人感王之斩匪定乱，又为桐逐"扎包兵"也，皆不忍，妇孺有泣失声者。福畴之赍也骄，人皆仇之。

十九日，严寒，阴雨。局绅争货，将构兵于新安渡[③]。新安渡归和［货］于局以和。

贼初东窜，广贾弃货车于途，累千百。舆夫重利，多冒死辇归其家，局中风闻颇利之。而诸舆夫惊捕匪搜赃事，亦窃以

---

① 陆遐龄（1803—1853），又名侠林，安徽定远人，当地富豪。陆遐龄与长子陆聚奎均为该县武学生员，并与当地绅士方濬颐（参见《转徙余生录》）交好。咸丰元年（1851），陆遐龄因争山岗水源，组织群体性械斗致死人命，被关押安庆省狱待决。太平军首克安庆，将其从死牢中救出，陆遐龄遂回乡发动起义。咸丰三年（1853），陆遐龄攻打军事要地炉桥镇，方濬颐派心腹向宿州驻军周天爵求救。周天爵派刘玉豹会同寿州金光箸围剿陆遐龄部。三月初九深夜，陆遐龄被诱捕。三月十二日，陆遐龄及其子陆聚奎等四十余人被杀。方江所记时间有误。

② 钮福畴：浙江乌程人，道光丁酉科（1837）拔贡，朝考一等，历官安徽休宁、全椒、泾县、舒城等地知县。

③ 新安渡：位于今安徽省桐城市新渡镇境内，为古津渡及商贸集镇。

家有辎货为生孽之根，多有自守于其乡局。而明寄货车于其乡局者，城局艳乡之有所寄也。因日剔群贾，啖之认货焉。新安渡有货车数十乘，局使贾以乡勇往取之。勇虐渡人，贾又恃勇不酬舆夫，渡人不服，哄困贾与勇。局中乃使胡同贵、张观海以勇五十赴援，夜半报捷以红旗，渡人有死者。此前四日事也。

渡人忍忿，强服罪，缴货车。胡、张扬扬以勇押货行，既及方家冈，突有二百人要之于途，径夺货车，并挟一贾以去。盖渡人始不意局中之动众也，未设备，故强伏罪而集众以挟其前焉。胡、张丧气返，局中不能称所欲，怒。议以县役通班，并募马头合肥人，尽发局勇剿洗新安渡。于是渡人亦大集，议合两乡之众，欲致死于城居之人。城中汹汹，咸怨局不当以私事构怨于乡人。小松请先之，乃夜驰至新安渡议和。渡人亦知局之横暴，不可以理争也，遂缴货车，释贾以息兵。此城人不浃于乡人之渐也。

凶寇陆梁之际，当四海同仇。操戈一室，何以御外侮也？士大夫不肯思此，能强村愚田父，必解此理，而不我仇乎？龚遂[①]辨胜，安于渤海，仁者惬心；虞诩[②]试盘，错于朝歌，狂

① 龚遂：字少卿，西汉官员。任渤海太守时，鼓励农桑，平定盗贼叛乱，政绩显著。

② 虞诩（？—137）：字升卿，陈郡武平（今河南省鹿邑县）人，东汉名臣。曾外放朝歌县长、怀县令，平定朝歌叛乱。迁武都太守，以增灶计大破羌军。

夫借口。若弄国家之柄，而推刃国家之赤子，抑又甚矣。

小松，张勋字。

二十二日，夜雨，雷起西南北，吉林兵过。

周将军以宿州土豪张凤山等千二百人，守正南［阳］关。将军在宿州杀人遏乱，河水尽赤，断残塞道，豺虎厌肉。岸无不悬头之树，树无不悬头之枝，远望离离，骡马望之返奔。

先是，河决累年，塞而复溃。人皆失业，奸民又乘警煽动，饥驱作乱，情亦可矜。今年春，河始合龙，田始可耕，盗亦可以归农矣。

二十七日，雨。代理县知事陈建章，筑堵墙于小关①；庐匪屯于大树街②。局议争［增］勇，人日给米六升，无应募者。

古塘李树结，实如黄瓜。南门外，有乡勇妇产生妖，在腹能言。牛其首脑，后有洞窅，然有两角，铃目电灼。一足踏地，一足屈向后，如世塑魁星状。下地四望，曰：“错投胎了!”遂死。

或问：今兹寇非强，而我则弱，城坚不守，兵聚不战，明知触法，不敢触贼，将欲振积弱、平消寇？事必纲，纲斯为的，何的为先？曰“资格”。

不闻晋人之言乎？“阴阳不和，拔士为相；三军不胜，擢卒为将。”曰：“今方谓兵孱弱，而反有将材乎？”曰：“无谓天

① 小关：位于今安徽省桐城市大关镇最北端，与舒城县、庐江县交界。

② 大树街：位于今安徽省舒城县舒茶镇境内，北峡关以北，距小关不远。

下无人，聚数十万营兵义勇，何得等类其观？”

夫槐有响豆[①]，服之返衰为壮，是在枕析而听。弃以取之，是槐必有，不择则无。且拔兵为将，则将在兵矣；埋将于兵，则兵不能自谓将也。【将】犹臂也，而兵则指，一指巧而为众，指僵能攫拿乎？且众指惰而一指勤，一指之权，能强惰者勤乎？是非使勤者得臂宜乎？见其皆孱弱矣。

唐之郭、李，宋之韩、岳，其始皆辱在戎行，又皆出于兵。不堪用之秋，非其证欤？近日，如杨昭勇、杨果勇、罗军门、桂军门，非又其证欤？问者曰：“闻今日将帅，出昭军麾下者，指不胜偻，非即所谓擢用欤？”曰：“杨、罗见拔，所以成德帅、额帅之功也。昭勇拔其偏裨，所以成昭勇之功也。”今日将帅，思传昭勇之衣钵，必自拔其麾下，而后能成今日将帅之功。

夫拔士而和阴阳，所以为燮理也；擢卒而胜三军，所以为鼓舞也。未擢者，羡者必奋；既擢者，服则必励。起于艰苦则耐劳，出于险阻则轻命。未解养尊处优之乐习，争摧坚陷阵之雄尚，何积弱之不振哉？优擢者，俾各当一面，次擢者，悉分隶麾下，地位相逼，则各竞于功名，而后我得坐收其以身使臂

---

① 响豆：特殊的槐树种子（槐豆）。据颜之推《颜氏家训》：南朝梁人庾肩吾常服槐豆，年九十余，目观细字，须发皆黑。纪晓岚《阅微草堂笔记》云：“响豆者，槐实之夜中爆响者也。一树只一颗，不可辨识。”古人待槐树子熟后，以布囊贮之，夜以为枕，有爆响声者即响豆，认为服食可强身延年。

之效。

民间传秘记《抵龙歌》，谓牙牌之造也。阴为图谶，始四六，终三四，共三十一扇，独二五一扇不能抵其说，传闻已久。近又传，向提帅请仙示兆，吕纯阳降战。立将二五作龙首，三十二扇全抵出，仍成二五，允协休征，循环靡极。是为“圣圣相承”之图。

其先，歌曰：“应天顺人开顺治，四六开辟二六至。创垂历数最久绵，二四人人红九传。虎啸天上下一六，恰是六十有一年。么三二三长三接，一个十三与君说。长二么二又么五，梅花下见天上虎。一六地下透红五，极盛六十君须数。四六三六长三承，休息念五好升平。三五梅花么五出，地接和联三十历。三三三四大田东，藏下二五莫漏风。回头好见天人意，应天顺人数不穷。”

吕祖示兆歌曰：“道人抵龙剩二五，推来推去无处补。我道算字不甚精，神圣相承数无已。二五五六顺治年，定鼎燕京盛世传。天天四六人四六，三六一张康熙续。长三三四十三点，雍正三世直相衍。人牌四五双长五，五六二六长二补。乾隆六十有一年，下接嘉庆二十五。长二二三同三五，么五地牌年代数。地牌么六又么六，么三长三么三出。道光运会数三十，大清咸丰万万年。么二二四红五连，么五推回成二五。七七绵绵复绵绵。”

贼使人帖伪字，以“训”字减去一直，欲为我朝二百零八年之谶。人仍写作“训”字，贼以为误。解之者曰：“‘训’字实为三直，而贼强作二直，何能作准？盖三百零八年耳”。海云否否，曰：“是天使示我无疆之休，如鹗有好音也。”

夫画字起数必尚左，故亥有二首六身，下二于身，得二万六千六百有六之数，皆自左而右。况我朝国书先左，固当王者贵乎？是必天眷方隆，既示外患，因现祥征，默喻成周绵祚，盖八百有二年耳。后人读书论世，尚谓我辈国初人也，闻者以为确解。

四月，桐人相讹以阴兵过，谓：杨老婆将兵来，需鸡翎为箭羽。时，数百里内，雄鸡皆翎脱如剪，而埘桀间不见鸡一毛，更相诧以为神。甚至谓：某某梦中失辫，是阴兵剪之。又谓：阴兵，遇男剪辫，遇女割乳。于是，编发皆用红线而缀双钱，男女胸纫红布，或用红布裹足。绅官家其尤信者，门棂、床榻、外寝、内厨皆张设通红，彻夜燃烛，夜不敢寝。军务倥偬之日，不谓阴兵，更如是也。老令婆可插耳箭矣！

七日，江宁贼分股冲出城，吉林军分雁翅让贼。贼夺吉林马一千二百余匹，遂渡江掠滁州、犯凤阳、趋归德。河南戒严。

唐自募置彍骑，府兵日坏，士大夫至耻为折冲果毅之官。彍骑，应者皆市井负贩，无赖子弟。而议者，方谓中国可销兵。民间挟兵器者，有禁子弟为武官，父兄摈而不齿。驯至“禄山之乱”，所至望风瓦解，非千古之覆辙乎？皆承平日久误之也，今日之风气亦然。

吾欲今后乡邑，皆开社讲武，世家巨族，储费宗祠。春秋祀后会射，中者有赉，长老奉爵贺。子弟能应文，试射于祠中，中者出费与试资。隽武举者，后得监射于祠中。庶几，巨室所慕，国人慕之，而其源尤在。武弁有罪，勿得辱以棍刑，当使黜陟如文员。

有士林议之曰："昔龚遂治北海，使民卖力买牛，卖剑买犊。"奈何带牛佩犊？洵如子言，是使民带牛配犊之渐也。曰："此龚遂潜移悔祸之盗，使之归农，非自敌忾之人，以之济盗。"先儒尝诮此事，以为史笔浮夸。问渤海刀剑卖与何人？卖在境内，则是拘墟；卖在境外，则是壑邻。

吾以为，此必卖与龚遂耳！将为强干弱枝之术，则自有应当带刀佩剑之人，否则铸剑戟为农器，遂岂独未之前闻乎？且子无好勇之患，当勇而不好礼之患。夫好勇者，未必竟知礼也。故当先加之以礼焉，则知爱礼矣。

十一日，雨。局使张七风［疯］子，以乡勇苛派捐输，勒养乡勇于张胶州氏。胶州惟一庶弟，家居以贫，故难之。风［疯］子攘袂殴阍人，率勇闯入内室，仆妇共忿，捽出之。时，大雨既昏黑，风［疯］子呼观海，尽以局勇至，闭门捉主人，殴之，摔于阶下，声如鼎沸。人皆疑为贼乘夜雨至，城中大震。

议者曰："设局所以捍民，未闻用以扰民也。矧一闻警至，并未见扰民之人哉！”呜乎，是无礼之效也！

十四日，大雷雨，大风。凤阳告急于庐州，庐州闻警，急塞闉[①]为自守计。

六安大警，土匪声言扑州城，绅民迁徙一空。

向帅驻营孝陵卫，大营兵饷，月需银八十余万。时，营中饷久已缺，乃暂筹借于徐州粮台。

二十三日，向帅檄至，以贼方北窜，恐文报不通，筹改驿道。

桐城人家，鸡乳，雏多四足。某郭外卧榻有异香，觅之得一死鼠于枕下。香出户外，人传玩之，手香三日。庐江民家，有产豕而香，形渐变异，鬃软而分披左右。人有以三百千求市者，〔笠〕主不可。

---

① 闉：古代瓮城城门。

卷 三

桐城凡四十八典[①]，发典生息，皇本不下数万。刘兆彭[②]觊觎及之，因谋以为自募官勇之费，又恐庐州大吏调充军饷也。因更请帑于庐州，抚军李嘉端怒，以进士宫国勋[③]署桐城，檄兆彭赴庐州。

---

① 典：典当行，当铺，桐城当时计有48家。

② 刘兆彭：贵州人，候补知县。因桐城知县宋恪符乞病，县丞陈建章代庖，安庆知府牛镇委刘兆彭摄邑事，署桐城知县。刘兆彭招募东乡周、章二氏练勇入县城，与城局及地方缙绅关系紧张，不为巡抚李嘉端信任，遂调任庐州，由宫国勋接任桐城知县。

③ 宫国勋：字子猷，山东蓬莱人，历官安徽桐城知县、亳州知州、河南禹州知州等。

宫国勋以七月九日莅任，宋恪符之在官也。仲榆辈出入衙门，如至私室。兆彭为政，则签于阁门外，曰：“一切绅士，青衣小帽，毋许擅入。”官因不悦于局也。局绅揽讼，讼必勒罚，与官争利，判决一如在官。愚民震局威，以为有权，故讼者不之官而之局。

兆彭夜巡，门勇有不在者，将杖队长。长不受，曰：“我不以官食，绅管我，官不可管我。”兆彭不能诘，以与局迕，又不肯语局，因谋募勇树党，求势与局埒。所募皆东乡[①]悍族，编队仅十日，而嘉端檄至。勇之应募也，俟于逆旅几一月，兆彭欲不给勇值而遣之。勇急，鼓而躁，将捉官而裂其袴，尉护之得脱走。而尉以龙钟故，饱毒手，乃强人给二日值。既又恐国勋至不见一勇，愈碍报销，甚悔之，而乞一言佐证于局绅。

兆彭故有一妻一妾，及以皇本致嬴，又购一奴婢。妾妒婢宠，窃烟吞之，盛妆而死。其侨主寡媪之赘婿叶，拒不使殓，曰：“秽吾室。”兆彭以官势强殓之，而曰：“锁此恶棍。”俄而兆彭免，叶以群无赖哄之，曰：“不买吾屋，棺不得出，吾将讼。”兆彭大窘。

---

① 东乡：桐城县东乡。明代桐城东乡，约为菜子湖以东地区；清代桐城东乡，约为白荡湖以东地区（今安徽省枞阳县境内），境域大为缩小。明代桐城东乡居民多为军籍，习武成风，民皆好斗敢死，风气沿袭至当代。其拳术套路、械术套路，涵盖了明代全部军操项目，流传过程中又形成独特风格，民间称之为“东乡武术”。东乡武术现为国家级非遗。

叶固局党佐之，宫令知舆情之不爱兆彭也，伪不闻。兆彭故亦善无赖，叶亦仅能得其祓除之资也。

其后，甲寅[1]春，兆彭居于鲁褀[2]，人有觑其多金者，数恐之曰："贼索妖。"兆彭潜以二千金赂贼，使贼诛。己于鲁褀而以肩舆入，贼官宴之西门典肆，以乐侑酒，对吸鸦片，极欢。留信宿[3]，备驺从，归鲁褀，亲送之东野。自是，山中人不复敢妖之。

宫令任事之三日，西路大警。局有诈称青草塥[4]请会兵守隘，径以百人夜出，宿于陶冲[5]。黄梅一路，羽檄[6]交驰，侦骑前及潜山，潜山则既空城矣，穿城过，不见一人。及太湖[7]，见避难者纷错于途。

徘徊境上，遇徐石民观察仆来自黄州，曰："贼不得志于汴，遂分为二：一渡河，一南掠。又大败于颍，欲会寇江西之众以犯楚。石民击于黄，余烬复合，翻英山，掠黄梅，今及太

---

① 甲寅：咸丰四年，公元 1854 年。

② 鲁褀：鲁褀山，位于今安徽省桐城市吕亭镇境内。

③ 信宿：连住两夜。

④ 青草塥：位于今安徽省桐城市西南青草镇境内，与怀宁、潜山两县毗邻，太平军与清军及练勇屡于此激战。

⑤ 陶冲：位于桐城县西南，西接潜山县，今安徽省桐城市青草镇境内。旧时置有陶冲驿，为南方诸省经桐城前往京师（北方）的要道。

⑥ 羽檄：军事文书，插鸟羽以示紧急，插雉羽表示万分危急，其急行如飞，称"羽书"或"羽檄"。

⑦ 太湖：今安徽省太湖县。

湖矣。然残剩无几，又丧其抬枪、巨炮。楚南布政江公忠源，将以楚勇会兵于江宁，离贼不及二百里。前有拒者，后有蹴之，贼可歼也。所虑太湖弱，恐必破，破则掳资胁众，势复张也。”

时，桐已大震，人心惶惶。宫令谋定之，乃出示曰：“顷者确报，来贼在太和，于桐风马牛耳，而谣言讹为太湖。太和近应山，而人讹为英山，好事者，惟恐人心不乱耳。敢有妄言惑众者，必按军法。”而人心靡所倚赖，非数行字所能安也。

有周刺史者，素与仲榆密，而为三俊制科应试阅卷师，遣人至宿松，间道致局绅书，言与徐仆同，且曰：“必示强也。宿松以团练虚声，使贼望城不入。”

于是，局中伪为青草塥书，声言塥人驰书请兵，曰：“寇深矣，城中若能出一旅之师以为标领，吾西人可号召乡兵三万隶旗鼓。”时官勇既未集，局中乡勇止二百八十人，扫数先不能成一旅，议欲悉索以出。

山东教师[①]江原曰：“不可，今城既不能兼顾也，而若辈又未经过敌，若全队一溃，则城危矣。不如以一百人先之，再以百人俟信而发。前队不敌则后队至，可壮胆也。前队败贼则后队迭进，而贼或竟以灭也。”江教师意必保城，不敢恃真有

① 教师：旧时指民间或军中的武术教练。

“西局三万”之说也。

于是张勋、胡同贵径以勇百人夜出，点名先给人钱券一千，然已皆踯躅，强作欢声，甚难矣。是时，秋炎酷燥，动则病随，城中人多仓皇乘月夜徙。

明日，天昧爽[①]，而雷雨大作，天如破，平地水漫及膝。贼群寡，谍者不能觇其实，而谓贼不满千，亦局诳乡勇之计。局恃火器，而幸贼无之，欲侥幸有功。始约曰急则调后队，城中皆恃有乡兵三万，以为必不待后队。

日曛[②]，忽闻鸣炮集后队，城中大惧。

夜闻太湖陷。太湖令初不团兵，民忿，弃城走。贼至，仅四百七十人，杀人纵火。乡有李氏者宴贼，因知贼数。贼索木筏出江，李氏指贼走潜、桐，出巢湖，而使告于潜曰：“吾赚贼入危途，可严守以俟楚兵，贼可歼也。”潜告于桐，城益急。城中余勇仅六十，分稽六门，而二十在局。门勇乘机诈逼，出者阻其携带，而入者并不能讥也。后队之出也，三俊领之。昨日出兵，或曰：“必告于官。”三俊艴然曰：“告彼云何?”故兵出，官令不能预闻也。

---

① 昧爽：黎明。

② 日曛：指天色已晚。

明日，宫令自募东勇[1]济师。胡、张前队至陶冲驿，乡局勿之理也，皆曰："曩捕我如匪，匪能御贼耶?"乡董曰："我不能以死力为，若求六品顶戴!"自报团练，皆城局主名，不肯列乡局一人，故乡以为憾。三俊继至，复强之，乃一保出十人，又皆无籍。其有身家者，皆护眷避走。

是日，警信万变，集贤之急也，甚于桐。张熙宇留兵集贤，而己观变于桐东门外，以为居中调度。

又明日，督办团练钦差大臣吕贤基至自庐州。

十五日，侦报贼以竹筏自石牌出江，戌刻彻［撤］防。三俊等捉陶冲富户叶氏交练丁，纵勇殴之血出，【曰:】"且要汝头，看汝练不?"乡人皆怒。叶氏曰："能与我斩［战］者，【则】吾有千人，在练则不!"是夕，比闾相慰，方谓可高枕一

---

① 东勇：桐城东乡练勇，主要来自洪山章氏、溎湖章氏与鹞石周氏等。东勇大部居乡拒守，少部入县城城守。桐城东乡练勇为太平军劲敌，在一定程度上威胁到太平军无为至桐城、安庆的江北通道。咸丰九年（1859）七月十二日，桐城东乡练勇与太平军激战于黄石（今安徽省枞阳县白梅乡境内）一带，练勇阵亡 221 人。经太平天国乡官调解，太平军与练勇各自撤围。地方百姓将阵亡者葬于四方院庄四柯松下，人称"万人坟"。冢前《义勇碑记》文曰："从古忠义之士，穷达各异，显晦亦不侔焉。咸丰癸丑，粤贼犯境，巢居数载，苦涂炭深矣。己未秋，专掠桐东。声势震恐，义士义民奋然相率以御。不敌，死伤无算，恣其焚掠。贼退，人渐归家，只见尸骸遍野，血迹殷然，兽餐鸟啄，惨不堪言。爰约同人，捡其遗骸瘗，于四柯松下为二冢，姓氏未可卜，纶诰莫能稽是，诚所遭之不幸，而徒抢义愤以没也。兹当清平既久，概念忠魂烈魄尽为若敖。吁，诚可悲矣！因为立碑，以志不朽。世有好义者，睹其碑思义其后，俾得春秋享食，不犹愈于上邀天奖而共慰泉台也乎？皇清同治十二年季春月立。"

夜也。

既三鼓，集贤飞骑，启熙宇于行辕，报贼氛紧急，已在三桥[①]，距潜三十里，距关七十里，声言分兵攻桐。一假途潜山，一由集贤入练潭[②]，会兵北击舒庐。

三桥者，桐、怀、潜三界，三水汇流之桥也。局绅富于赀，乘夜尽以家出。于是，六门夜辟，万家出走。时又秋风啸雨，夜气萧森。妇女挽扶哭泣，沾衣透履。深云漏月，照影不明。山高风响，遥闻人声。比达曙，而城门内外荒凉扰攘，同见一时。

明日，河涨有声，山水大至，噌吰澎湃，尽作兵声。始闻支天柱[③]以六勇击贼，大败贼于红家埠[④]。

又明日，北风陡起，扬沙拔木，砰砰隆隆，雨注欲震，竟日夜，其声骇人。晨，俟城出走厉涉者，望街市如河，妇女多帕首、披毡、把盖，坐筐床上，缡缒如淋水鸡。而局绅既以家

---

① 三桥：清代怀宁重镇，位于今安徽省怀宁县三桥镇境内，是安庆府辖宿松、太湖、潜山、怀宁等县通往安庆城的要冲。乾隆二十八年（1763）置三桥镇巡检司，湘军水师统帅彭玉麟之父彭鸣九，曾任三桥镇巡检司巡检。

② 练潭：清代桐城四大镇之一，位于今安徽省桐城市双港镇境内。《读史方舆纪要》卷二十六“桐城县”：练潭，“在县西南七十里。郡北高河、黄马河诸水俱汇于此，引而东南”。练潭河以东即菜子湖水域和枞阳长河，练潭驿处于水、陆路交汇点，是安庆通往京城的要津，旧时商贾云集，商业繁荣，也是历代兵家在皖必争之地。太平天国运动时期，太平军与清军及练勇于此多次展开争夺，地方太平天国文献多发现于练潭。

③ 支天柱：六安勇目，湖匪出身，清胡潜甫《凤鹤实录》作“支玉柱”。

④ 红家埠：洪家铺，位于今安徽省怀宁县洪铺镇境内。

出，谓人不知也，复益门勇禁人出城。穷奇败类，眈人之有者，尤谁恐人之或能脱厄，而局绅倚之曰“办事”。

申刻，北山蛟起，风雨如斗，江飞岳走，涛声在天。有物如豕，其巨如牛，激浪走，所触土石皆崩。避难有漂没者，穷人多冒雨捞衣，笥器什于危堤之上。

初，熙宇闻六安勇目支天柱有豪名，为大侠，调之使以千人堵贼于集贤。天柱过桐，识山东刘教师，局因刘纳交于天柱。天柱感桐人厚己，曰：“桐有急，吾不至者、断我头。”

天柱，洪泽盗魁也。江湖称“支三大王”，弟曰“支七大王”，伙党近万。

既至关，大吏怖畏。天柱之投诚也，六安牧宋培之[①]弟实招之。其应调也，弟送之。既至，则返。大吏以为天柱等狼子野心，恐为变，不敢置之肋腋。札调宋弟来督其队，曰：“宋某来者则留，不来则发还。”以故，六勇知大吏不能用己，愈桀骜不受驾驭。至是，桐人乞天柱，大吏又以集贤为紧，靳不与。

石牌之役，支天柱接熙宇札，曰：“抚军方令潮勇截贼于大桥头，其速以所部驰往会剿。”未及行，又奉一札，曰：“恐潮勇未至，且勿往。”天柱语其徒曰：“今日之事，须违令矣，恶有知贼所在而不往者?”时其徒病者多，又多已奉拨守隘者，

① 宋培之（1801—?）：字子厚，号汇川，山东邱县人，道光十二年（1832）进士，时任六安州知州。清末六安州为直隶州，领霍山县，隶庐州府。

于是应声愿往者止四十人。天柱即帅之，裹粮负装走。走则风雨横飞，窐窞汛滥灭顶，日行二里止。夜则月出，饱食而驰，天明直抵大桥头。

是为十六日，至则无贼矣。问于镇人，人曰："贼已去，公之福也。"天柱曰："使吾失贼，何福之有?"既闻贼在红家埠，距【三】桥三十里，不及食，驰而往。遥望潮勇在焉，与贼分踞两山上，持久不动。急就馆，卸所负，介两山之间而驻观战。俄见潮勇趋利，争掳贼骡马，天柱曰："误矣，将有变。"贼望见天柱四十人，笑曰："小妖来，杀小妖。"疾驰下，天柱不动，贼不敢逼，遥发大枪。天柱测枪，耳度其声，目谋其烟，曰："不受药弹不能热，盍试我枪。"枪指，一黄旗贼[①]应声而倒。贼怒，排进，四十人伏而起，则还击之，贼前锋伏尸相枕，逐而南。

天柱不知贼之有船，南追及江，则牂牁[②]将启，约四十余艘。天柱指挥夺缆，贼斩缆不断者十三艘，四十【人】超距而上，砍贼，贼争赴水死。以人寡不能趁贼，而十三舟珍贿无算。天柱麾［挥］取之，曰："兄弟辛苦，能杀贼，是区区者所以酬也。"

---

① 黄旗贼：太平军旗手。旗手的任务，是执掌旗帜走在前面引导大军作战，地位与同级军官同等。太平军以旗帜大小与颜色，区分等级。每一军，军帅旗一面，师帅旗五面，旅帅旗二十五面，卒长旗一百二十五面，两司马旗五百面，共计大小黄旗多至六百五十六面。最低级统率二十五人的军官两司马，旗帜一面。

② 牂牁：牂柯，船只停泊时用以系缆绳的木桩。

方是潮勇引眺而羡之，然不敢攘也，则谋走天柱馆，而霸其装。天柱之徒怒相争而斗，斗杀两潮勇。领军参将莫敢谁何，两不直之。而斗时，四十人已有潜走者，尽获潮勇所夺骡马，曰："行李换坐骑，何不可？"参将无奈，乃勒潮勇归其装，曰："潮勇以妒卤，获而失马，吾请捐金为赎之。"天柱曰："骡马潮勇所自取，何言赎？"叱其徒还之。

天柱见熙宇于桐，曰："人言贼谋复仇，宜必有以备之。"熙宇曰："勿信。"天柱退曰："惧，我走也，吾自有备。"于是，使二十人还六安。多办人来，须与贼大战，而熙宇实谋远天柱也。益以潮勇之衅，而遣天柱之念愈坚。

时，贼既大挫于天柱，集贤已可旦夕安，熙宇又将返镇也。

宋二老爷者，所谓宋弟是［也］，随兄六安牧宋培之任，素行不羁，其为人藐小丈夫也。所交识者，多不可测，培之恶之，而无为之何。摒之署外，而二老爷更得骋其征逐，初无放弃流离之苦。

六安，茶标汇利，山泽藏疾。江南大乱，伏戎将起，危在肘腋。凡畴昔之自命矫矫者，罔不束手，静待祸及。而二老爷一出，咄嗟立办，虎狼受勒。六人之所倚为包桑盘石者，有吾公之贵介弟在。故支天柱等至关①，而大吏视二老爷不在，亦

① 关：安庆集贤关。

如得駃騠[1]而失造父也。

支天柱既破贼十日，熙宇终谋弃天柱。因庐州有虚警，啖抚军，使调天柱。盖天柱固非所能寻常控驭也，而熙宇又但祝贼不爱我，本不欲以胜贼者，囮贼也。于是，宋二老爷仍以六勇赴庐州。

桐狱系劫盗十五人，曩六勇北来，多有入狱相问者，曰："吾兄弟也。"局疑之。至是，局以抚军檄，禁六勇入城。六勇恚，为大言曰："吾以夜入！"官绅因疑六勇且劫狱，遂六门戒严。东勇护狱及县署，狱门有炮。

天柱知之，鞭六勇之大言者，戒于众曰："明日队以一人进城，换盘费、办食用，即出启行，毋多事。"日既出，城中方将弛严，六门皆启，负贩才通。俄而，阛阓乱声，外户攒扃，皆曰："六勇将为变，城门闭矣。"局勇又捏言："六勇逐队强入，持刀打劫，禁之不可，而［尔］拼我斗。东勇不服，戳伤六人。六勇将报复，必攻城矣。"局绅轻听，遽发枪炮出城待战，东勇尤勃勃。

东为周、章两氏豪，章扎头【用】白，周扎头用蓝，列两队，拄戈俟命。局众气矜之隆，甚自得也，皆曰："六勇怖我。"而六勇刀矛戟槊，抬枪巨炮，遂亦直抵城下。

---

① 駃騠：公马和母驴杂交所生的驴骡。

始，六勇之入城也，奉令唯谨。或一人，或三五人，统计不过十余人。东门局目击，一起有四人入者，内一人跨［挎］刀，甫及阈，一人始见之，曰：“奈何带刀?”一人曰：“姑返，解之再入。”跨［挎］刀者曰：“适忘之，姑入。”又一人曰：“有令，勿以刀入。”跨［挎］刀者笑曰：“忘之耳，带刀即杀人耶?”一人应声突起曰：“你敢杀?”则东勇也，挺矛刺之。跨刀者让出矛下，又回步搠其后，急则拨刀，返肘削其矛，矛刃在地。门勇奋起，环刺之。门局大惊，走出，搂持群勇，而跨［挎］刀者已血流殷地，坐而骂，其伴掖之走，回告，告诉问主者。东勇则负矛而驰，曰：“衙前叫人去。”

途见一六勇携莱出城，又径刺中脰。既，呼人返。见钱肆有六勇方权银，以整易碎，则直走入，刺之穿踝。六勇裹血不语，肆人仓皇，误以两银并与之。

六勇走东门，不敢出。走向阳门，门已闭。至南门，始得出。迹血蹀线，而局以为笑乐，壮我勇能刺六勇也。

伤者陆续出，千人齐忿，声喊如奔。尽以战具出犯难，虽天柱不能禁也，城中大震。

于是马三俊始欲觅调停于宋二老爷，骑马从十数勇出东门，未谕阈而二老爷乘舆来，相与下乘，握手返局。宋行且言曰：“敝勇开罪，使我无以见朋友。”

既入局，宫令在焉，皆【坐】，宋犹抱歉未已。

始，局中已怯，见宋谦也，又以为怖我。或有示很

［狠］者道："吾枪炮已出城。"二老爷瞠其黑眦曰："吾枪炮独不能入耶？架炮为谁？"三俊曰："狱囚有贵勇兄弟，不得不防。"二老爷色变，拂衣而起，曰："谓我盗耶？盗，靴尖巡汝，城倒矣！而以数杆死枪吓我，吾始谓若同为国事耳，走！"声益厉。宫令趋而遮之曰："坐，容我言。"而宋以令之娴雅，不觉怒为之息。三俊气馁，潜引避。令曰："枪炮我为政，他何预焉？吾以备倘来之寇耳。且前日禁囚夜逸，兄独未之闻耶？"

自新所[①]羁狡贼周邪教等十八人，二十五日夜既分，周邪教起意诱十八人折槛出，执老卒，以絮塞口缚之。走宜民门，执城旦，绺项以辫，搜管启镉。城旦昏梦中，疑是皖贼越城入，又皆发鬖长数寸，盖是上锁已脱，下锁簧桀不得开。城旦曰："释我，我能开。"释则狂走，大呼："有贼夺门！"门局应声呼，顷刻一城如沸。

有见司所老卒被缚者，问之，始知非长发。捕者满城驰骤，而宜民门锁尚未脱也。

既五鼓，获十四人官沟中。后山邓氏竹园有援竹上城迹，疑其四人皆出矣。十四人皆呼"周邪教误我"。赐衣堂有紫荆数十株，夜望之蒙密如山，天明忽见一人箕踞树上，逼之下，

① 自新所：关押、改造犯人的场所。清中后期设自新所，用于收押已决窃盗犯，旨在羁押教化，使积贼"有所羁縻""令其手艺工作""各有执业"，学到"谋生之道"，将来不致重犯，以根治因贫为盗问题。

则周邪教也。官令斩之，杖十四犯，购缉三逃贼。

事距六勇始三日，故宫令以为言，宋无以难之，曰："向者吾过此，桐何不虑'倘来之寇'?"令曰："是新章也。"

当是时，政在刘公。六勇有七总，天柱为首。一彭老四者，时亦在局与群公言，而教师辈从旁大言胁之，老四大怒，勃然径走。众大惧，追之，宋急趋跄奔，挽曰："四哥要过瘾，就在局中。"群奔走假烟具，贳叶子二百钱。老四颐指："取我具来!"即有人飞骑取至，老四掷叶子于地曰："彭老四可买耶!"自出烟，高枕卧吸，旁若无人。而巧于市重者且曰："无事矣，屈膝而求矣。"不言宋跽为彭也。既有容色，宋就坐，必得戳人之乡勇，曰："支公尚待问曲直，苟曲在我，支公不能以私废法。"

众难之，或为计购瞧［谯］楼丐者十六人，杖之，稗荷校往谢。六勇不受，曰："吾知其膺勇也。"恶其法不能用之所部，而犹欲多上人者，而局中实不能使勇，乃请以钱百千，代药费酬伤者，六勇非之。

宋与天柱谋，使天柱率勇先行，曰："勿以闲事，使吾失贼于庐州。"二老爷后众又曰："没趣，行矣，求盘缠矣。"桐人自是，失好于天柱，而天柱寻亦不能伸于庐也，散归英、霍。

时又有孟小老鼠者，亦投诚于庐州。大吏不能用，小老鼠自以其部众，扎于舒城山中。凡九里下十三寨，江南北皆呼为

"九里寨"。北路沦陷，尝截路杀贼，出没无常。贼酋罗大纲[①]攻之不克，相戒勿犯九里十三寨。小老鼠亦绿林豪也，江湖暴客多以隶麾下为荣，被获者辄自诳称奉孟大王令，故小老鼠案充牣。

熙宇始与梁星源同为东粤两首邑令。当英夷之犯顺也，大臣多以贿和为长策，极求所以悦夷人。

---

① 罗大纲（1804—约1855）：广东梅州人。罗大纲本系"三合会"首领，"金田起义"后，胡以晃劝其加入太平军。罗大纲英勇善战，多次打败清军与湘军名将乌兰泰、江忠源等，曾与胡以晃部转战安徽境内。咸丰五年（1855）10月，罗大纲于芜湖激战张国梁部，中炮身亡。关于罗大纲之死，史料记载不一。

卷　四

越人有全江[①]者，东游于粤，目击大臣之不恤国体，忿著论数千言，又为檄文，讥封吏。书既，不胫而走。封吏见书怒，逮全江。全江争辩不稍屈，且曰："诸公误国，不能仰承天子意。全江荷熙朝作育，读书略达事理，为天下以公，论罪诸公，犯何科也？请以实奏闻天子，天子罪腐儒，诸公可因以快私忿也。"大吏不能诘。

而是时，令南海、番禺者为梁星源、张熙宇，媚于大吏，以全江下县，廷杖之四十，抵江妄讪罪，充伊犁军。或言贼中首酋，积为全江不平。

---

① 全江：浙江长兴人，诸生。安庆市图书馆藏《家园记》抄本作"钱江"。

元年[①]，全江遇赦归，而星源、熙宇荐升显秩矣。皆言是二人者，足迹所在，贼必从之。星源布政楚北，武昌之陷也，贼乃脔割星源；闻熙宇以皖臬守小孤，乃下武昌直扑小孤，而熙宇先已溃走。后闻熙宇入居于皖，贼又突据皖，而熙宇已自醉乡，遁走集贤，今贼故目注集贤也。

全江既归，游于京师。周天爵奉命办事清江，全江为入幕之宾，不洽，往游姑苏。苏富人朱翁以江豪杰，必多识天下奇才。资之金二万，俾再入京，必得当代巨公能澄清天下者，南来以登南人于衽席。江历抵卿相，乃识侍郎雷以诚[②]，用逾万金，以诚得与江俱南，资斧又皆出于江。

是年夏，以诚杀全江，诋江悖逆，疏称："有全江者，以图谶惑人。"而道路皆言：周五公子遇江于逆旅，一语不合，白刃相仇，而侍郎遂诋江大逆，以正法入奏云。

暎[③]之不靖也，吾桐狂士林子英伏阙上书，条陈用兵事宜，天子器之。穆相[④]请先引入军机，观其优劣。不称，穆相

---

① 元年：咸丰元年，公元1851年。

② 雷以诚（1795—1884）：字省之，号鹤皋，湖北咸宁人。道光三年（1823）进士，曾官刑部侍郎。太平天国运动期间，于扬州帮办军务，为筹饷创厘金制度。

③ 暎：指英国。

④ 穆彰阿（1782—1856）：字子朴，号鹤舫，满洲镶蓝旗人。穆彰阿进士出身，历官刑部侍郎、左都御史、理藩院尚书、漕运总督、军机大臣、翰林院掌院学士、文华殿大学士等，担任军机大臣二十余年，权倾内外。鸦片战争期间，穆彰阿主张议和。咸丰帝继位，穆彰阿被革职，永不叙用。咸丰六年（1856），穆彰阿病逝。

以闻，谕子英仍回籍教书，人谓子英“奉旨教书”。

子英归，流寓皖江，挟策言时务，阑［拦］舆干抚军。抚军问知是子英，错愕下舆，问其寓所。

翌日，太守以抚军令造寓。寓在小巷，甚湫隘。逆旅主人闻太守拜林先生，大诧，而林先生又出游矣。太守乃入林先生室中坐，室中书帙外，惟弊屣暨缶盎数件，索得秃头不律，就名柬书数字，曰：“屈林先生，持此过我。”

子英归，见太守柬，夺同舍生破茧袍披之，着蒙茸羽缨帽，操柬径作府中趋。府吏追诘，不顾，但举柬示之，直入厅事，而后以柬授吏。太守倒屣出，长揖，则坐。太守曰：“中丞见策倾倒，嘱某请教。”子英指画策中时务，问：“太守莫不解得否？”

太守幕中如许若秋辈，多子英乡人，皆名士也。太守作主人，邀诸名士与林先生饮。子英高谈雄辩，诸名士莫敢发声。酒酣，子英左手把盏，右手捻短烟管吸烟，驯以烟管敲太守肩，瞠其目曰：“莫解得也！”太守无如之何，假以更衣遁去。而林先生之不合时务，军台皆噪其名。

久之，中丞以事会属吏于泮宫，司道皆旁列致敬，忽闻门外呵止声，问之，则林先生至矣。相戒：“以林先生至，必有异趣，盍进之而勿理也。”于是大吏正衣冠，尊瞻视严，屏气息就列。百执事相耳语曰：“有古衣冠入者，林先生也。”而诸大吏如未之见。

子英历阶而升，当两楹而立，勿伛而大哭，泪涕涟如。大吏骇愕。巨公某问曰：“林先生何恸也?”子英挥涕哽声曰：“我恸公等，碌碌竟作大官。”众汗溢颊，伺其哭也，皆潜散。而至今皖人愤冠盖猿鹤，泣井里虫沙，皆忆林先生之言，而恸其恸也。

〖六月〗二十九日，局之争广货于西乡也，多不以罪而杀乡人，而张观海之徒尤跋扈。西乡怨此数人入骨髓，无所控诉，相与插［歃］誓为血盟，必杀此数人而后释憾。而张观海方自鸣得意也。局中惧祸，乃怂恿观海为楚游。

时，桐徐石民观察方以两湖兵驻黄州之田家镇[①]，扼贼上窜水陆之冲。观海奉其所交识公函，赴之。石民，名丰玉，为州牧于黔中，以平黔盗功，黔抚张亮基[②]荐之，授黄州知府。张抚湖南，石民同守长沙有功，升观察。张总督两湖，委之堵贼于黄州，公子晋生，自桐省之。石民麾［挥］使归，曰：“速货产还宿逋，勿复视我，我不能以家为念矣。”

---

① 田家镇：位于今湖北武穴市西南，大别山南麓。长江经此陡然转窄，江流如束，地形险要，为攻荆入楚之门户。1853 年 10 月 2 日，太平军西征军水军到达田家镇。10 月 15 日，曾天养指挥太平军大败清军。1854 年，杨秀清再于田家镇激战清军（湘军），致使曾国藩“疾捣安庆”计划落空。

② 张亮基（1807—1871）：字采臣，号石卿，江苏铜山人。道光年间举人，历官云南临安知府、云南按察使、云南布政使、云南巡抚、云贵总督等。咸丰二年（1852），调湖南巡抚。咸丰三年（1853），署湖广总督，兵败田家镇，调任山东巡抚。咸丰四年（1854），因“取巧冒功”被革职，遣戍军台，次年获释。咸丰六年（1856）九月，奉命往安徽随办军务。

七月，朔日，虹见东南方，黄赤霞气中，虹亦黄赤色。

四日，贼裹英、霍之盗以犯楚。徐观察以楚兵千二百人击贼，我兵死者四之一，杀贼相当。始送观海投徐者，乡勇也。徐欲并留之，日额饷一钱二分。而楚兵缺饷已五日，咸鼓噪谓不能枵腹效死也。乡勇辞归，言观察数日间两鬓已苍白，惟誓与士卒共甘苦而已。张亮基以己有德于石民，数示意欲石民以师生礼见，石民若为不解。亮基衔之，使当危地，而又多掣其肘。不知者以为亮基重石民，而委石民以重地也。

有自江宁大营来者，道大营一繁华都会耳：处处梨园，时时令节，文恬武熙，惟日以观剧为事。菜馆数十座，味穷山海，其他凡可以快心悦志者，靡不毕集。鼓腹而游者，直不知国家劳师糜饷为何事。

前闻：向帅以五月次旬限期将尽，绝食祝死。则向帅似非观剧人矣，岂自向帅外，则皆观剧人耶？或曰：甘凉土俗质朴，而自办张格尔军需后，亦复奢华，则大军所在，类如斯矣。然而回酋军务，有功之军务也。办回酋者，必不以绝食塞责。自古轻裘缓带，投壶雅歌，列酒观灯，座呼营妓。能观剧者，必不至于绝食。将绝食者，又何可以观剧乎？伏读圣主明诏：一则曰“览奏闷极”；再则曰“南望增悲”。属在草莽，犹欲请缨，岂大帅时而念之则求死，时而忘之则演剧耶？

又闻，丹阳大营观剧方酣，被贼于钲鼓铙吹声中衔枚突至，劫去红夷大炮，营中辎重，百无一存。向帅日犒赏劝兵战，希兵之一旦肯报效，不能令也。将战，大帅或曰：“明日出五程人。”五程者，一标出其半也。兵则强其项曰：“天热谁肯打仗？二程便去。”提镇无奈，为婉辞以己意请。或大帅欲得三程，提镇则曰：“若，必肯去，此某等以天热体恤之意也。”出告于兵，兵则怒曰：“二程便去，否则止。”提镇又劝之，终不可。

夜，点名给牌。或［曰］雇替、或曰肘有疖、或曰足生疮、或曰吾不食者三日，以至癣疥微疾，胫酸骨软，皆不肯接牌。

天明，荷刀杖出者，仍不过一程。袒裸，以布围腰，辫线粗一握盘项。东先西后，三十、五十出，不以队，参差造城下，各释杖坐，与贼通火吸烟、深谈，或认亲叙两军光景。至倦且饿，则曰：“须朝食矣。”于是大呼，狂笑，喊杀。鸟枪不纳弹，犹向天放，又咳声作势曰：“开炮！”则闻砰訇声，群呼曰：“杀贼不计其数！”则馘疲癃无运百姓首，回营上首功，一级百金。而大营奏捷疏已缮讫，亦曰：“杀贼不计其数。”

时，有某弁在楚，方赴营，途遇数兵，望贼垒徒手逍遥。问：“何往？”则颐指曰：“那边吃饭去！”弁怪之，及营，以语翼长。翼长曰：“随他吃去，这边方缺饷。”对垒久，兵尝博于贼营中，兵负进①，则贼曰：“你明日来，为我带水菜。”兵利

---

① 负进：赌博输，欠人赌债。

其可以少报多也，则曰："诺。"贼负进，则检其不中用器具抵于兵。兵拾回营，则曰：某处遇贼杀之，而夺其器械。爰登功簿，且膺赏。

五日，贼犯枞阳。枞人飞骑报警，城中大震，多夜徙。巡检捕扒手，系之江干，而荷校[①]焉。贼劈其校，而诛其使荷校者于扒手。扒手指枞阳镇以对，贼船即号令入镇搜妖。巡检怀印逾垣遁，贼掳其所有，毁衙屋而去。

江郡久安，物力全盛，故贼志不及山县也。今则江上人烟寥落，而山县秋成可卜，稍有盖藏，恐贼弃瘠而就肥也。况前日军饷多储已经赍盗，而今则江城库不贮饷；前日漕粮厌饱可以弃余，而今则水驿仓不征漕。巢幕之见，幸一日之偷安。而远虑者，方忧贼志不在江郡也，何以御之？

六日，集贤关调六安勇支天柱等一千人过桐，刘令兆彭不应供给，六勇哄衙。或问："舒城，何无供给？"曰："杨二郎吾友也，彼执舒权，岂桐比？"天柱赴局，见山东师多旧好也，认交情，局中遂以酒馔款之。天柱，曰支三，与其弟支四皆为绿林，豪于洪泽。天柱，人呼"支三大王"，弟呼"支四大王"。

七日，六勇掠东门兵仗，抢东城局，抄打县署。时，宫国勋已在桐，兆彭以彻任推，国勋更应以未接印推矣。局绅言于

---

① 荷校：以肩上荷枷。校：枷。

兆彭，借皇本三百千，交六安宋牧之弟，散六勇。刘所收皇本，多典商票，三百千亦票也，而必期于某日，亲赴六安取偿于宋牧。天柱将尽斩抢局者，局绅为之请，怒甚，乃尽痛笞之。其徒谓误认武营，不知是城局。

八日，阅四月各路奏捷邸抄，向帅奏移营紫金山。城外，大营十八座，一律移近城垣，又伏兵城下。夜发枪炮，首逆杨秀清登城拒战，见城上牌刀手以为官兵，开炮自伤毙无数。城中枪彻夜，人声沸腾，天明始定。慧诚奏获贼谍，知贼将偷造浮桥，为地道于天宁、广储两门，即知会琦善、胜保，并力截攻。贼败反窜，挤折浮桥，坠河死者无数，未渡者又被我军杀尽。又有贼拥自东关城上来，慧诚督晋康、查文经，以枪炮、火箭烧毁望楼，击杀又无数。

是役也，琦善、陈金绶、胜保奏：贼意图潜袭我师，抢夺大炮，由天宁暗门突出，偷搭浮桥渡河，又分股突出广储。总兵双来迎剿天宁，参将李英魁截击广储，琦善督游击英贵、王礼率前营接应。贼三退三进，拼死战。双来执大旗奋力先趋，兵弁踊跃用命，贼大创，桥折淹毙无算，未落水者俱杀之。城上贼又为陈金绶、胜保用炮击杀，统计杀贼三千余人。

向荣、许乃钊又奏：观音门外贼船数千，均用计焚之。船户水手万余人，皆设法遣散，烧毙长发贼无数。

投鼠而器独不伤，焚石而玉能无恙，尤属神乎其技，能使孙吴束手。自群帅集兵江东，无战不胜，不能悉载。岂逆贼惟能攻城，不能野战耶？何自攻陷城池之外，无一战不自挫其锋也？或曰：诸帅但欲讳败耳，原不敢更捏奏胜仗而无奈，每败则将士必有阵亡者，遂不得不以“胜仗”奏其事，死者不昧其恤典，生者遂因之得“以罪为功”焉！

传闻贼不闭城，而广陵则又偷挖暗城，谲矣！建康十八营，压城而垒。何分股寇江西者，出入自如也？又大帅奏：江上乘风击贼，焚歼不能数计，寄碇焦山上流，扼贼穷蹙下窜之路。下窜入海也，为顺流。顺流可扼，则逆流必已寄碇梁山、采石矣。何吴水楚山，贼艘往来扬帆拖缰者络绎也？

九日，署知县事宫国勋接印。

十日，有异言异服者二十人，游弈东关，列酒一觥，默咒传饮，亦念念有词，出小黄纸焚之。保甲报局，局绅遥觇望而不敢诘，皆疑惧以为贼哨。

十一日，宫令任事之三日，西路闻警，局有诈称青草塥请会兵守隘，径以百人夜出，宿于陶冲。黄梅一路，警文迭过。侦骑前及潜山，潜山则既空城矣，穿城过不见一人。及太湖，见避难者纷错于途，侦骑徘徊不敢进。遇徐石民观察家丁，来自黄州，曰：“贼败于汴，遂分为二：一渡河，一南窜，又大败于颍，欲会寇江西之众以犯楚。观察击之，溃于黄，余烬复合，翻英山，掠黄梅，今及太湖矣。然残剩无几，又丧其抬枪、巨炮。楚南布政江公忠源，将以楚勇会兵于江宁，离贼不及二百里，前有拒者，后有蹴之，贼可歼也。所虑太湖弱，恐必破，破则掳资胁众，势复张也。”

时，桐已大震，人心惶惶。宫令谋定之，乃出示曰：“顷者确报，来贼在太和，于桐风马牛耳，而谣言讹为太湖。太和近应山，而人讹为英山，好事者惟恐人心不乱耳。敢有妄言惑众者，必按军法。”而人心靡所倚赖，非数行字所能安也。

有周刺史者，自宿松遣人间道致书局绅，所言与徐仆同，且曰：“必示强也。宿松以团练虚声，使贼望城不入，撇县而走太湖。”

俄而，局中声言青草塥驰书请兵，曰：“寇深矣，城中若能出一旅之师以为标率，吾西人可号召团练壮丁三万人。”而城中乡勇止二百八十人，扫数先不能成一旅，议欲悉索以出。江教师曰：“不可，今城既不能兼顾也，而若辈又未经遇敌，若全队一溃，则城危矣。不如以一百人先之，再以百人俟信而发。前队不敌则后队至，可壮胆也。前队败贼则后队益进，而贼或竟以灭也。”江教师意，盖亦不敢恃乡局真有三万之众也。

于是张勋、胡同贵以勇百人夜出，点名先给人钱一千票，然已皆踯躅，强作欢颜，甚难也。是时，秋炎酷热，动则病随，城中多仓皇乘月夜徙。

十二日，卯刻，大雷雨，雨如崩注，平地水漫及膝。贼众寡，谍者不能觇其实，而谓贼不满千，亦局中诳乡勇之计。局恃火器，而幸贼无炮，欲侥幸有功，始约曰“急则调后队”。

城中皆恃有乡兵三万，以为必不待后队。

酉刻，忽闻鸣炮，集后队，城中大惧。夜闻太湖陷。太湖令初不团兵，民忿，弃城走。贼至，仅四百七十人，杀人纵火。乡有李氏者宴贼，因知贼数。贼索木筏出江，李氏指贼走潜、桐，出巢湖，而使告于潜曰："吾赚贼入危途，可严守以俟追兵至，贼可歼也。"

城中余勇止八十，拨六十稽察六门，乘机诈逼。出者阻其携带，而入者并不能讥也。后队之出也，命之领之。昨日出兵，或曰："必告于官。"命之艴然，曰："告彼云何？"故兵出，宫令不能预谋也。

命之，马三俊字。

十三日，宫令自募壮勇济师。胡、张前队至堝，乡局勿之理也，皆曰："曩捕我如匪，匪能御贼耶？"乡董曰："我不能以死力为若求六品顶戴！"初报团练皆城局主名，不列乡局一人，故乡以为憾。命之复劝之，乃一保出十人，又皆无赖，其有身家者，皆护眷入山。

是日，警信万变。寻探，闻贼在石牌。石牌，怀、桐、潜三县界也。半夜，忽哄传贼至金神墩[①]。先是，黄昏时传有贼

① 金神墩：位于今安徽省桐城市金神镇境内，东临嬉子湖，古为水运码头。清道光《桐城续修县志》卷一"乡镇"："金神墩，小镇。城南三十五里由县往棕阳（枞阳）之路，水涨时至此乘舟。"

在上枞阳[①]，有谓石牌。贼遣间求助者，人皆以为枞阳贼至，惶惶达曙。

十四日，钦差办理团练大臣吕贤基至自庐州，抚军札宫令督勇赴潜、桐界，协力剿贼。云：钦差即亲赴营，会各路兵于潜山。副将松安督游都以兵四千，出安庆径抵石牌，并会前臬张熙宇相机进剿。而现任按察张印塘[②]，于始闻警时，即自集贤关就抚军于庐州。

六勇既至关，大吏怖畏。宋牧弟始以送勇来，既至则返六安。大吏以为支天柱等狼子野心，恐为变，不敢置之肘腋，札调宋弟来督其队，曰："宋某来者则留，不来则发还。"以故六勇知大吏不能用己，愈桀骜构衅。支天柱之在

① 上枞阳：旧时枞阳有二镇，西为上枞阳，东为下枞阳。

② 张印塘（1797—1854）：字雨樵，河北丰润人，晚清重臣张佩纶之父，作家张爱玲之曾祖父。道光十五年（1835）进士，历官浙江景德、建德、海宁、桐庐知县，杭州知府等。咸丰二年（1852）二月，张印塘经吴文镕保荐擢升任云南按察史，尾随太平军由广西北上，进入安徽。八月二十九日，安徽巡抚蒋文庆奏留张印塘于皖协防太平军。咸丰三年（1853）二月，张印塘改任安徽按察史，驻守安庆，新任安徽巡抚未到任前暂予代理。二月二十四日，翼王石达开率秦日纲、胡以晃克安庆。三月三日，河州镇总兵吉顺占安庆。五月初四日，太平军胡以晃部再克安庆，张印塘退守集贤关，因拥兵失事革职，留于军营效力。六月十二日，太平军进攻安庆集贤关，为张印塘部所挫。十三日，张印塘率军攻陷安庆，复退出安庆，回驻集贤关。十月二十五日，胡以晃、曾天养攻占集贤关。十一月十四日，胡以晃等部进占桐城。十二月十七日，太平军攻陷庐州，江忠源死，留张印塘于军营办理军务，筹办粮饷。咸丰四年（1854）四月，张印塘奉委赴安徽徽、宁二郡劝捐，时太平军已进入徽、宁地区。六月受浙江巡抚委，督办徽、宁防务，闰七月六日病逝歙县南源口舟中。

桐也，以为桐人敬己，誓曰："桐有急，吾不至者断我头。"至是，桐人乞天柱，大吏又以集贤为紧，靳不与，而旋闻六勇乱于集贤矣。

是日，阴晦，天转寒。江水暴涨，东乡大圩水不没者二寸。夜讹言潜山陷，大乱。

十五日，中元会，仍迎神赛会如常。始运城外碎石上城。戌刻，彻［撤］防，乡勇归。贼虏木牌作筏，已自石牌出江也。命之等捉西乡富户叶氏交练丁，纵勇殴之血出，且曰："吾要汝头，看汝练不?"乡人皆怒。是夕，比闾相慰，谓可高枕一夜矣。

既三鼓，集贤飞骑启熙宇于行辕，报贼氛紧急，已至三【桥】，距潜三十里，离关七十里，声言分兵攻桐，一借迳［径］潜山，一由集贤出练潭，会兵北击舒庐。

三桥者，桐、怀、潜三界三水汇流之桥也。时熙宇尚盘桓于东门外，故警信至桐，局绅富于赀，乘夜尽以家出。于是六门夜辟，万家出走。时又秋风啸雨，夜气萧森，妇女挽扶哭泣，沾衣透履。云中昏月，照影不明，遥闻人声，山高风响，直在山深箐密之中。比达曙，而城中荒凉扰攘，同见一时，市闭工歇，毂击肩摩。

十六日，雨未歇，河涨有声，山水大至，噌吰澎湃，尽作兵声。张勋以乡勇六十四人出，谋会乡兵以堵贼。

时，宫令自募东乡勇二百，亦交局代练。练潭拆桥守渡，一日数警，皆曰贼至。而篮舆筐榻，扛载携负，六门犹填闉塞巷也。探马回云："支天柱率六勇大败贼于集贤关外，贼溃复遁入江。"寻，有至自西乡者问三桥，曰："吾来自三桥，三桥未见一贼也。"于是城中走相贺，笑言之际，亦复相顾欷歔，重闉下锁，钻出者犹望深山遄发也。

十七日，北风陡起，扬沙拔木，砰砰隆隆，大雨如破，竟日夜，其声骇人。晨，俟城出走者，厉涉街市如河。妇女多帕首裹毡，把伞坐筐床上，淋漓如水鸡。而局绅既以家出后，谓人不知，复严饬群勇禁人出城。穷奇败类，眈人之有者，尤惟恐人之或能脱厄，而局绅用为爪牙。

申刻，北山蛟起，风雨如斗，江飞岳走，涛声在天。漂没一乘竹椅妇人，二舆夫，一担夫，其他衣笥什器随浪逐。断梗枯株，下者无算，穷民多冒雨危埂上捞之。

是警也，一城皆走，而海云老屋一家独未徙。

人之有恒情也，贫者惜命，富者兼惜其财有财而无周急之心，则讳言避难，更恶闻贫者之劝其避难。若曰"我恶得有资哉，恐其将资于我也。"甚且知贫者之他有所资，亦匿其资。而同资之后，即贫者实资于己，亦仍疑其必资于人，仍匿其财，而故苦无资。于是，贫者以警告，则莫若不闻，贫者又不忍视其逡巡。及难，又愤世。有合于疏而疏于亲之事，义又不忍独出。以必不能疏彼之义，往而适。逢其必欲疏我之心，幸而无事，哂笑亦贫者所受。一有虚警，则反以莫作主张，为贫者罪，夫虚警犹可也。

十八日，晴。乡勇石某、钱某，夜盗贼大旗一、伪檄一于〖青草〗埇上。局绅闻于钦差，赏给顶戴。是日，抚军拨兵四百与熙宇，皆劲旅也。熙宇踟躇再四，不欲留，恐费饷多而无以塞责也，且不复能持俟兵进攻之说也。熙宇郁郁久居此，虽紧急，曾不与局绅通一议，若己全无用兵之责者。小松尝以剿贼说熙宇于集贤关，熙宇忻动，问是何功名，小松以附生[①]对。熙宇淡然，遂不复深问。

二十日，北乡团练入城扬兵。

二十一日，时慧星夕见东南隅，数日而灭。石牌之役，支天柱接熙宇札，曰："抚军方令潮勇截贼于大桥头，其速以所部驰往会剿。"未及行，又奉一札，曰："恐潮勇未至，且勿往。"天柱语其徒曰："今日之事须违令矣，恶有知贼所在而不往者。"时其徒病者多，又多已奉拨守关者，于是应声愿往者止四十人，天柱即帅之，裹粮负装走。走则风雨横飞，洼路汛流灭顶，日行二里止。夜半，月出则驰，明日直抵大桥头。

至则无贼矣，问于镇人，人贺之曰："贼已去，公之福也。"天柱曰："使吾失贼，何福之有?"既闻贼在红家铺[②]，距【三】桥三十里，不及食，驰而往。遥望潮勇在焉，与贼分

---

① 附生：附学生员的简称，即初入府州县学的生员。生员分为附生、增生、廪生和贡生，经岁、科两试获高等的附生，方可递补为增生、廪生。

② 红家铺：洪家铺。

踞两山上，持久不动。疾就馆，卸所负，介两山之间而驻观战。俄见潮勇趋利，争掳贼骡马。天柱曰：“误矣，将有变。”贼望见天柱四十人，笑曰：“小妖来，杀小妖。”疾驰下，天柱不动，贼不敢逼，遥发大枪。天柱测枪，耳度其声，目谋其烟，曰：“不受药，弹不能热，盍试我枪。”枪指，一黄旗贼应声而倒。贼怒，进而发枪。四十人伏而起，则还击之，贼前锋横尸相枕，遂而南走。而天柱不知贼之有船，南追及江，则四十余舰方艘将拔橛。四十人夺缆，贼斫缆不断者十三艘，四十人分跃而上砍贼，贼争赴水死。以人少不能趁贼，而十三舟珍贿无算。天柱麾［挥］之曰：“兄弟辛苦，能杀贼，是区区者，所以酬也。”

方是时，潮勇引眺而羡之，然不敢攘也，则谋走天柱馆，而霸其装。天柱归，四十人怒相争而斗，戳毙两潮勇。领兵参将无奈，两不直之。而斗时，四十人已分走，潜夺潮勇所获骡马，曰：“行李换坐骑，何不可?”参将乃勒潮勇归其装，曰：“潮勇以妒卤，获而失马，吾请捐金为赎之。”天柱曰：“骡马潮勇所自取，何言赎?”叱其徒还之。

天柱见熙宇于桐，曰：“人言贼谋复仇，宜必有以备之。”熙宇曰：“勿信。”天柱退曰：“惧，我走也，吾自有备。”于是，使二十人还六安。多办人来，须与贼大战，而熙宇既不能制集贤之乱，实欲阴遣天柱也。

二十五日，局中以乡勇取逃贼三人于金神墩。三人：二壮丁、一稚子，由水路自花山[1]至金神墩。王用三驱，时逃贼已在“胁从罔治”之列。而船户闻于乡局，搜得黄旗一、钱六十千、裘数领、衾数幅、银条脱十二枚，玉条脱、翠钿翡条脱数枚。乡局以为有功，报县；城局又欲自以为功，马命之、胡子灼等争以乡勇往。子灼曰：“吾岂无所择哉？是楚、粤人则可杀，是江南、河南人则可释矣。”命之艴然曰：“楚、粤人不必皆从贼，江南、河南人不必不从贼。”

子灼，不读书，其言拘，然杀机浅；命之，读书人，其言辩，然杀机深矣。

子灼以勇及官役，往取之。二壮者，河南人；稚子十二岁，湖北人也。时宫令病痁，丞代鞫之。问知：实是逃于贼者，而非为贼谍，江行恐与贼遇，故谋由桐就陆归河南。而局绅多欲杀人以为功，谓二壮者必杀。命之语二教师曰：“以与汝。”两人故以杀人为乐事，不肯分，至相詈也。宫令引稚子卧榻前，又亲鞫之。

时，方楚卿为宫令入幕之宾，仲榆遗之书曰：“询谋佥同。吾意必杀为？我幸语居停不杀，勿须团练矣。”楚卿曰：“少安无躁，即当杀，亦当问。”

是日酉刻，虹霓弥天，夜漏四下。城中号喊震天，满城驰骤，则群囚逸，自“自新所”将斩关出也。

---

① 花山：位于今安徽省安庆市宜秀区（清属桐城县）境内，东临菜子湖，有水路、陆路至桐城县城和枞阳镇。

二十六日，斩自新所倡逃首犯周邪教。自新所羁狡贼周邪教等十八人，二十五日夜既分，周邪教起意诱囚十八人折槛出，执司所老卒，絮塞其口，缚之。四鼓，走宜民门，执城旦，绺项以辫，搜钥启镭。城旦昏梦中，疑是长发越城入。上锁已脱，下锁簧桀不得开。城旦曰："释我，我能开。"既释，则驰走大呼曰："贼入矣，夺门迎贼矣！"门局应声大呼，顷刻一城如沸。而司所老卒方得人来解其缚，始知非长发。追捕，而宜民门锁尚未脱也。既五鼓，捕获十四人。而后山邓氏竹园，有援竹上城迹，皆疑四人越城出。十四人皆呼："为周邪教所误。"赐衣堂有紫荆数十株，夜黑蒙密如山，天明则见一人箕踞树上，逼之下，则周邪教。邪教，故积猾首。

十八人皆前蒋令捕禁者。后史令[①]来，邪教独遁，又出没江湖，史令费巨资购获之。于是，国人皆曰"可杀"，官令斩之。重杖十四犯，悬赏购捕在逃者。

昨，三逃贼，一壮者，散置在所内，独安坐。或曰："何独不逃？"曰："人利我有而陷我，苟不归吾所有，送之不去，我何逃为？"

---

① 史令：史丙荣，字桂才，江苏江都人。道光十八年（1838）进士，历官安徽建平（今郎溪）代理知县、当涂知县、亳州知州等。道光二十三年（1843）任桐城知县，咸丰三年（1853）调离。史丙荣主政桐城十年，兴水利，办书院，关心民生，颇有政声。桐城长江大堤，多为其主政时始修。道光二十五年（1845），史丙荣于桐城东乡汤家沟镇，购置毕姓房产，建丰乐书院；于县城向阳门内修建桐城史上最大的储粮仓"丰备仓"，该仓一直使用到1957年。

卷　五

马氏[①]执意必杀三逃人，宫令曰：“吾坐外堂，与众共听之。其来也为贼，杀之何疑？其来也为逃贼，杀之何忍？”于是强起升座，又亲反复研鞫之，顾谓堂下众人曰：“闻之乎，是求生者也，岂谋死哉？”而桐人亦以时方多难，安知吾无如三人之时，而尚望人之全我？故舆人[②]之言，皆惟恐其不得生还乡井，闻令教，皆曰：“唯！”而心感色动。令遂定为递解回籍，而马氏持益坚也。

〖七月〗二十七日，集贤自弃其卫，改置六勇于庐州。庐

① 马氏：马三俊。

② 舆人：县衙的吏卒。

州寻亦谋弃之，六勇散。六勇过桐，桐城夜备守狱。

时庐州有警，熙宇方谋远天柱，因啖抚军调之。天柱之杀贼也，所在则以为祸之囮焉。而天柱方且欲益众以剿贼，且天柱亦非所能寻常控驭也。夫能杀贼者则可畏，不足畏者又不能杀贼。人材之难得也，抑亦用人材者实难得焉。

桐狱系劫盗十五人。曩六勇过桐，多有入狱相问者，曰："吾兄弟也。"至是，局以抚军檄禁六勇入城，止六勇勿入。六勇恚，曰："吾以夜入!"官绅皆疑六勇且劫狱，遂六门戒严。而官所募勇护狱及县署。狱门有炮，官勇二百，皆东乡打手，为周、章二姓。

宋二老爷者，所谓"宋弟"是［也］。其兄宋培之，时为六安州牧。二老爷随兄任，素行不羁，其为人短小精悍，所交识往来者多不可测。宋牧恶之而无如之何；摒之署外而二老爷更得骋其征逐，初无放弃流离之苦。

六安，茶标汇利，山泽藏疾，乘乱伏戎将起，危在肘掖［腋］。斯时，万千束手，静待祸及。而二老爷一出，咄嗟立办，虎狼受勒，六安之所倚为苞桑磐石者。皆曰："有吾公之贵介弟在。"故支天柱等既至集贤，而大吏亦以宋二老爷去，如得駃騠而失造父也。

是日，领队者仍二老爷。

二十八日前夜，天柱鞭六勇之大言者，戒于众曰："明日队以一人进城，换盘费、办食用，即出启行，毋多事。"日既出，城中方将弛严，六门皆辟，负贩才通。俄而，瓌阓声乱，外户攒闭，皆曰："土［六］勇将为变，城门扃矣!"局勇又捏言："六勇逐队强人，持刀打劫，禁之不可而与我斗。"东乡勇忿，戳伤六勇六人。六勇将纠众复仇，局中发抬枪、大炮，出城索战。

是时，东乡勇勃勃欲发：章姓者皆白布缠头，周姓者皆蓝布缠头，局众气矜之隆，甚自得也，以为六勇怖我。而六勇刀矛槊戟，抬枪巨炮，已直抵城下矣。

盖六勇之入城也，奉令唯谨。或一人，或两人，统计不及十人。东城局目击：一起有四人入者，内一人跨［挎］刀，甫及阈，三人始见刀，止之曰："且解刀再来。昨有令，勿带刀进城。"跨［挎］刀者适忘之，曰："姑入。"三人且行且相与论其不当。跨［挎］刀者笑曰："忘之耳，带刀即杀人耶?"忽闻门有应声突起者，曰："你敢杀?"则见一东乡勇挺矛直刺。跨［挎］刀者让出矛下，又回步搠其后，急则拔刀，返肘削其矛，矛刃在地。群勇齐起，环刺之，门局大惊，走出搂持群勇。而跨［挎］刀者已血流股地，伤重，坐而骂。其伴掖之走，曰："回去告诉。"

东乡勇则负矛而驰，曰："衙前叫人!"途见一六勇携菜出城，又径刺中脏。既，呼人返。有一六勇在钱肆方权银，以整易碎，则直走入，刺之穿踝，六勇裹血不语。钱肆仓皇，误并以己银还之。

六勇走东门，不敢出。走向阳门，门已闭。至南门，始得出，迹血蹀线。六勇齐忿，声喊如奔，尽以战具出犯难，虽天柱不能禁也。

是时，马命之始欲觅调停于宋二老爷，骑马从十数勇出东门。未谕阈，而二老爷乘舆来，相与下乘，握手返局。宋行且言曰：“敝勇开罪，使我无以见朋友。”既入局，宫令在焉，皆坐，宋犹抱歉未已。始，局中已怯，见宋谦也，又以为怖我。或有示很［狠］者道：“吾枪炮已出城！”二老爷瞠其黑眦曰：“吾枪炮独不能入耶？架炮为谁？”命之曰：“狱囚有贵勇兄弟，不得不防。”二老爷色变，拂衣而起曰：“谓我盗耶？盗，则靴尖踯汝，城倒矣！而以数管霉枪吓我，吾始谓若同为国事耳，走！”声益厉，宫令趋而遮之曰：“坐，容我言。”而宋以令之娴雅，不觉怒为之息。命之气馁，潜引避。令曰：“枪炮，我为政，他何预焉？吾以备倘来之寇耳，且前日狱囚夜逸，兄独未之闻耶？”宋曰：“向者吾过此，何不见？”令曰：“此新章也。”

当其时，政在刘公。六勇有七总，天柱为首。一彭老四者，时亦在局与群公言，而教师辈从旁大言胁之，老四大怒，勃然径走。众大俱［惧］，追之，宋急趋跄奔挽，曰：“桐人非尽无理者。”挽及五凤楼，宋长跽而请，马命之等左右奉掖，曰：“四哥要过瘾，就在局中。”群奔走假烟具，贯叶子二百钱。老四颐指：“取我具来！”即有人飞取而至，老四掷叶子于地曰："彭老四可买耶！"自出烟，就灯偃卧，旁若无人。而巧于市重者且曰："无事矣，屈膝而求矣！"

时，宋二老爷索必得戳人之乡勇，曰："支公尚须问曲直，苟曲在我，支公不能以私废法。"

众难之，楚卿为计：购瞧［谯］楼丐者十六人，杖之，稗［俾］荷校往谢。六勇不可，曰："吾知其赝勇也。恶有法不能用之所部，而犹欲多上人者，而局中实不能使勇！"乃请以钱百千代药，资酬伤者，六勇菲之。

宋与天柱谋，使天柱率勇先行，曰："勿以闲事，使吾失庐州贼。"二老爷后众又曰："没趣，行矣，求盘缠矣。"

二十九日，局中尚执意必杀三逃人，曰："不杀，恐后有拿获奸细者，不敢送矣！"宫令婉言曰："不可杀无辜，以励人诘奸之心。"又曰："外间谣言四起，不杀，是谓恐贼复仇。"令曰："不可杀无罪，以求杜人口也！"

局中尚不解，令使人将命曰："昨疾不能久问，或是我未得其情也，方将力疾再讯，如仍不能使奸伏尽发，则送局问之。如得其情，便由局正法。"局中仍不解曰："诺。"

八月二日，老诸生方召青等迎局意，致书当局，极言三人可杀状。马命之持白宫令。

时，吕钦使、李中丞檄谕地方团练杀贼，有曰："杀一奸细，则断其声息，庶免蔓延之滋；杀一逃贼，则绝其根株，谁为报复之众。"局中遂执，凡自贼中来者，非逃贼即奸细。宫令既明三人非奸细，故局中遂据檄，谓之逃贼。召青为名教授，规行矩步，有道学称，而命之等又多其门徒，故能奉其言欲以折令。

前数日，物议纷纷，方谓正月之乱，局中冤杀两良民：一则，有侄为盗，叔方以扁担训侄，侄逃，而捉人者至，于是得赃，缚叔以往，顷刻而叔代侄死矣。又一。孤子年十九，力田奉母，而姓名音与某近。某事发而逃，而捉人者妄逮孤子，寡母呼冤莫救也。顷刻，而替某死矣。

不谕月，某归，洋洋也。寡母忿而打矢某家，某得避走，夜复走孤子室，殴母傲很甚，且曰："谁希［稀］罕他替死？"乡人不平，执某，将送局，局大窘，后竟不知何以不送。而孤子，盖三祧一线也。

夫不嗜杀人者，辟以止辟；而嗜杀人者，刑恐无刑。始吾以为人有疚心，故吾存曲笔耳。

初，东郭黄昏，则桥头鬼朴人，以为群匪为祟。巫言有一壮者、一少者，报愤为厉。其后事泄，始知鬼神不诬云。

三日，局中将枉杀难人。海云谋于陈子文，遂与章甫致书于县幕楚卿。召青之与局书也，与茂才方存之、举人戴蓉洲俱，三人皆知名士，且与局亲。局中恃之，持益急，海云乃为与令书，使令不移。子文来，示之稿。子文曰："吾意蓄之久矣，以曩尝迕局，恐局借此以抵我，是反速三人死也，故难忍而卒未发。然欲书之达令，不如致楚卿之捷也。"章甫曰：

“善！”

海云爰更为与楚卿书，曰：“金神墩过客三人，以形迹可疑见获。夫可疑非竟可杀也，而一时欲杀人以为功者，皆必欲即杀之而后快。阁下明晰其诬，阴造其福，一言而善，通国皆知。厥后，贤父母开阁听辞，力疾亲讯，决其情为可矜，审其人为可宥，恩非我受而感与人同，下风拱听者鲜不曰：‘此贤父母之不嗜杀人也。’夫不嗜杀人者，岂真姑息养奸哉？诚以圣训煌煌，胁从罔治。破潢池裹胁之谋，开赤子自新之路，专阃专城，皆当仰体，庶使为贼驱迫者，知一离贼所，即有生机。故矜宥此三人，使生还乡井，即所以导数十万众流离失所者，知所归也。

“召青与老师宿儒，何尝见不及此。乃致书当局，明明罪疑唯轻，而曰操刀必割。窥其意旨，度亦谓殄厥凶残，杀一贼即少一贼耳。夫贼可杀也，民可杀乎？民从贼可杀也，民逃贼可杀乎？刀械旗牌，局中所定为作贼之具；皮裘棉被，鄙意即定为为民之赀；果作贼，即不必多携累己之赀。果作贼，更何必多带疑人之具？即或曰‘兼携累己之赀，正以掩人之疑’也，则何不曰‘并弃疑人之具，益以轻己之累’乎？况即所见者以论之，则三人之中，有一无知之稚子。更即所闻者而论之，则金神墩先夺其赀而吓走之，而彼徒以索赀而不肯去。人情作机事，虽父兄亦密于子弟之冲龄，此何作奸细，而惟恐其奸不露也？人情谋大事，虽万金不重于一息之生活，此毋乃作奸细而其细已甚也。

“嗟呼！人各有家，皆思不死，向使古战场中幸逃新鬼，春闺梦里仍作冤魂，是圣天子方且曰‘祸福无门’，而吾小人敢使之进退维谷？

“吾父母方照布纶言，力求建白；吾桑梓敢创造新法，显悖誊黄[①]。有是理乎？死者将临刑呼冤，其为己谋也，既不智；生者将望风裹足，其为君谋也，又岂忠哉？而或且曰：‘子谓逃贼不可杀’，岂吕、李二宪‘杀一逃贼，则绝其根株’之示，独未闻乎？曰：吕、李又岂于‘胁从罔治之谕’，独未闻乎？盖二公所谓逃贼者，乃逃于我而达于贼之逃，非逃于贼而求归我之逃也。求达于贼，则根株不绝，故必杀而后绝。求归于我，则先自绝其根株，又何待杀而后绝？孟子曰：‘逃墨必归于杨，逃杨必归于儒’，此可借为逃归之证。孟子不以归儒，而追罪其为逃杨、逃墨，二公又岂肯以归我，而仍诛其为逃贼哉！

“而或犹且曰：‘此妇人之仁也’。夫痌瘝在抱，天子之仁，吾不敢极其说之所指矣。特饲鹰哺虎，妇人固妄以为仁；拉朽摧枯，匹夫亦耻用其勇。人非有罪，又在缧囚，已将为匹夫之所不为，而谓人甘为妇人之所乐为，知其谬矣！某弟兄家居屏迹，外事绝口不言，而事关大局，亦不敢留皮里是非，坐观其醉生梦死。

---

① 誊黄：指皇帝诏书。旧时诏书由礼部用黄纸誊写。

“嗟呼！构无罪之罪，成有罪之功！为逆贼禁逃亡，绝吾民之生路，彼方欲杀人以为功，又得老师宿儒与之同见。则更曰：今日之事，不杀无名；鄙夫之心，无所不至；贪人败类，逢恶必多。何绝不顾办贼大局也？阁下幕府参谋，权衡自具，倘贤父母将曰：‘国人云何？’则某刍尧［荛］之献，所以代与人之诵耳！”

五日，剧盗孟小老鼠，以其众观衅于舒、庐之间，妄称劫富救贫。少年无赖者，多乐附其声势，以求啖啜。

六日，贼犯枞阳，焚关帝庙及百鹤峰[①]，逼人赍盗，谓之“进贡”[②]。枞人[③]醵白金[④]千三百两，青蚨千贯[⑤]，赂之而去。

---

① 百鹤峰：又作白鹤峰，长江北岸的独立山峰，位于枞阳镇（今安徽省枞阳县城）南。旧时置有白鹤峰文社（后改名白鹤峰书院）等，咸丰三年（1853）兵毁，清同治七年（1868）重建，清末停办。关帝庙位于百鹤峰下，今不存。

② 进贡：太平天国初期的税赋方式。太平天国早期的《待百姓条例》《天朝田亩制度》等，采用“进贡制”，俗称“打贡”，但给有票据，非随意掠夺，在安庆地区执行的时间约为一年。咸丰四年（1854），石达开“安庆易制”，太平军禁止在安民区内“打贡”，违者“斩首悬示”，恢复“照旧交粮纳税”，向土地使用者直接征收税赋，与清方向土地所有者征收有所不同，因而引起地主阶级的恐慌。地方现存的太平天国税赋契券等文献支持此说。

③ 枞人：太平天国枞阳地方乡官。太平军占据期间，今枞阳境内普遍建有太平天国地方政权，负责户口清查、流亡招抚、治安维持、诉讼听理、税赋征收、军需供应、敌情侦察与协同作战等。实际情形散见当时的地方文人著述，与清官方记载有很大差异。

④ 白金：此指白银。

⑤ 青蚨千贯：此指铜钱一千贯。一贯亦称一吊，清代一贯理论值为一千文，折银一两。民间所称的钱一贯，则不一定为一千文，通常低于一千文。道光后期，银价猛增，银一两或值钱两千文左右。

九日，局中纵群凶徒逼捐输，迭溷诸旧家世族，逼及屠沽，冒收旧漕，又谋并征今年丁漕。

十二日，局之逼捐输也，惟东局人是赖。竭一城之膏脂，供其奢侈。如胡子灼辈，多盗钤记恣赊贷，遂至无店无账。而局中职出纳者，亦惟隐承之弗敢核实，盖亦阴为所挟也。如此者种种，东局人曰："吾侪焦蔽唇舌，奔波不遑息，以构怨于亲戚乡里，岂谓汝等供挥霍、谋侵渔耶？汝等予取予求，既视之若不甚爱惜，吾何乐乎？徒为藂怨之府也。敢告不敏，请辞。"盖东局知大局之不能无己，又阴挟之，以求大局之分我肥也，而朘民以逞。一城皆瘠，吾甚恐僵骸瘦魄，起而与钩牙硕腹为仇也。

十三日，读邸抄。始，贼之分窜也，人皆为围贼者虑，谓不知何以上告。至是，朝报中则浑指之曰"另股"，若不自围城中出者。呜呼，巧矣！

太湖之陷也，或谓太湖令被杀，或谓太湖令挟乡勇预走。厥后，贼败于洪家铺，太湖令出则报抚军，曰："某以乡勇守城，贼至，洞开城门，谋以巷战杀贼，贼探谍不得入，相持者两昼夜。嗣知援兵将至，某出城搦战，谋使腹背受敌，出则贼遁。追之，至洪家铺，值援兵扼其去路，麾勇直前，前后挟击，杀贼不计其数，夺获枪炮旗械无算，余贼拼死窜走。"报至，抚军大悦，即为之铺张具疏奏闻，而先优答之。

十九日，桐局争炮于集贤，大吏张熙宇伤。熙宇使者、船户某，逃自皖江，载巨炮三至杨树湾[①]，乡局欲购之而未得也。城局闻之，以奇货可居，胡子灼受命以乡勇往，而集贤关有武弁来，命价以三百千，盖六倍于子灼。桐勇怒，剁弁以刀背，伤颈。

是时，谋武功者，皆能以无为有。而得炮更以为奇勋左券，功之大小、视官之大小。虽意造不得无分寸，故炮无定价，而集贤应六倍于桐城。乡局不过以废铁论，徒辱炮矣。

时，子灼叱勇夺炮，杨［扬］鞭返辔，辇之回城。弁兵少，知不敌，驰返集贤，愬于熙宇。

二十三日，熙宇严札县令解炮赴省，并索子灼。炮之来城也，数百人扬兵而入局中，大言炎炎，甚藐集贤。若一旦百余里运炮归之，桐人善笑局中实恧闻焉。不惟同贵不敢投辕也，谋于宫令，令恶局之跋扈，反促同贵行。局中宴集绅衿，求联名具帖，留炮于桐。熙宇不听，转以文书愬之抚军。

二十五日，集贤告急于庐州。一食顷，八百里羽书，飞骑三过。集贤，桐之南藩也。桐人大震，局以争炮事与令有隙，使告于令曰："事坏矣，羽骑迭过，贼且至，局人具在请令。"令曰："守城勇勿出境。"局曰："诺。"于是，派人赴练潭，彻桥查渡，又谋调西、北乡团勇各数百助守。以衅故，不能筮其必至也。

---

① 杨树湾：位于今安徽省枞阳县义津镇境内，南临菜子湖。

有圬者[①]自皖来，局中呼入问之，曰："吾过集贤，闻臬司又莫知去向。有吉将军者，闻贼至，如中酒，起居须两人掖之。人言，将军即前此报"收复省城"者。吾见贼泊抵岸，不下八百，贼登北门城楼，用千里镜[②]瞭望，未见其即至集贤也。"

夜，羽檄又过。集贤乞援于庐州，谓："贼已犯关，要隘危在旦夕！"

二十六日，乡团不应调，报书曰："拟于来月之朔，集人于某寺会议未知肯应否也。"局中大骇，相视无言，但急急作书，求援于张南昌。而南昌则司抚恤于江宁者也。又急急作书，致徐石民观察，乞济师。而石民则"全楚是顾，不能擅离黄州一步"者也。其他则万绪杂投，一谈塞责，主持纷拿，神疲事废，守具则物皆乌有，谋不虑无。

主将，马三俊也，议尽以乡勇出城，一营于金盆地，一营于吴氏冈，而营具尚不知何在。但曰"防贼据高施炮"，而不顾贼之蹙而覆之，困而涸之也；又不计勇之非习于战，不耻于溃也。又不问全勇即出，城守何资也？而局绅子弟及狡狯少年，愿认事者，皆曰"随营"；遂彰明较著曰"走活路也"。

一援莫应，万事无端。明伦堂上，献策者纸纷纷，谈兵者声涌涌。而机务处则存之善叹、思葛工愁、幼白喜搓，而仲榆

---

① 圬者：泥瓦匠人，安徽桐城俗称砖匠。

② 千里镜：望远镜。

能睡。局中皆云“睡不醒者”，仲榆处无聊时之故态也。或揭一柬于案头，曰：“宜独请仲榆先生，静坐一客室，凝神冥想，得策则群公奉而行之，否则筑室道谋，三年弗集。”仲榆拈视良久，自以为是。

是日，午刻，迅雷暴雨。

二十七日，阴雨。六门各添绅士居守，曰“防官走也”。

二十八日，群绅子弟，有条陈《守城事宜》于局中者，仲榆复约之，各书生年月日时，誓于武庙。群子弟喜，以为局中将任己也，而既誓后，绝不言守务。夜则曰：“既愿共事，盖为我巡更。”时群勇汹汹，将有变，耽耽逐逐，日祝贼至，相约贼来，则杀督队者。奉山东教师，搜括四乡，以骋其大欲。局中皆有所觉，惟命之不以为意，曰：“吾遇勇厚，必不负我。”

局绅某，见有勇在门内努目外视，作捉而割之之状，则命之方跨阈出，背向勇也。东师尝饮于拳弟子家，大骂命之非将才，酒酣且曰：“桐人弱，若山东早杀之矣！”外患方深，内难已伏，往来憧憧之际，目授眉语，愚者睨之，皆寒心也。

命之等既不谋守城，又欲借一城性命，以成莫须有之功；而悍勇则欲留一城之子女玉帛，以快其大欲于他日。于是，则饬命之等严出城之禁，群督队者分坐六门。威撼葭莩，欺及闺阃，而壁［筚］门圭窦之家，势悬宵［霄］壤者，更狗彘视之不如矣。

乡勇创法，出嫱止妍，掀帷窥鱼轩。其为少艾也者，则故作狎词昵态，曰：“汝且归，其为老丑也者。”则又必搜箧倾奁，曰：“汝无用。”甚至挲腕捻足，评眉话鬓，摧残拉杂，一国若狂。自爱者羞忿欲死，其亲人惟有吞声潜引，片言致诘，则立以白刃相酬。一时烦冤莫雪，皆奔走呼愬于官，号嘶惨泣，抑塞公堂。官令震怒，带病造局，拍案大骂曰：“吾死分耳！诸公肯死，何必捉人作忠臣义士？更何必捉一城妇女老稚作忠臣义士？吾来桐，性命已置度外，容忍先贼而殃民耶!”

仲榆等初亦不善命之所为，则皆曰：“唯，唯。”而命之犹抢白不稍让。官欲混以他事，则曰：“不解炮，谁意也?”姚氏子者，习无赖，应声曰：“桐人咸在。”官问：“言者谁也?”众代对，官使开之，曰：“咸在，必有主名。”姚曰：“诺，便开。”

始，抚军札熙宇，有密饬王令访炮情语，局私拆之，乃浼令诡王。王名大经，时尚未至。官又曰：“王令来，乞便居守，吾督勇拒练潭，勿使贼长驱及城而人犹不知也。吾胜幸矣，吾败则尾贼来，内外夹击。吾在外号召乡兵，或有应者，不然西走潜，北走舒，人念唇齿，或不肯留贼自贻戚也。吾惟誓死不避贼，若必疑我借战走者，则请王令出督战，而吾居守。然守必用东乡勇，而换局勇出战。”众曰：“何居?”令曰：“局勇能操火器，官勇未学。”盖令窃知局勇阴谋，恐其据城为变也。

四总皆谨遵官教，官色愉。顷之，则和声曰：“纵勇辱及妇女，而能禁人匪我乎?”倏闻低声者哂曰：“守城则匪之，开城降贼是忠臣。”则局总，光存之家奴也。官起身曰：“是谁?快锁着!”又指姚氏子，亦带着二人，皆缩项避走。官即出，命之复大噪，而与仲榆争，且裂眦曰：“官可杀！未遑谋御外侮，而先欲阋于墙焉。”

子灼性粗野，忽指思葛，撩衣而骂官，语秽亵不可述。思葛曰：“咳咳，汝能言于我，我不能言于官，有此快论，顷何必默默也?”子灼大怒，援帽掷思葛，便索殴打。思葛让而退出，而子灼乃尽出其博负耐偿之技俩，骂人及五世而上。

明日，官出示：“留丁壮守城，凡妇女老弱愿迁者，听准带衣包，不准带板重衣箱。钱米成担者，不准出城。”示出，颂声大作。

马、张、胡、何欲以卸局挟官，跨马昂然入署。有顷出，颜厚有忸怩不知作何说也。六门彻局，仲榆等又亲赴六门劝解，遂仍设焉。六门惟北门不附局，局中呼北门曰“放生池”。

向来六门每夕缴牌大局，则书门勇功过于牌上，大抵以不便于民者为功，而过无闻焉。北局矫枉之过，又并于其出入皆无讥焉，而以局为聚谈怡情之地，尝批牌曰：“自去自来梁上燕，也无欢喜也无愁。”行缴数月，而大局亦莫敢拭去也。至是，添绅严门禁，而北人亦遂让局谢不问，故北局遂于［与］他局同，不放生矣。

是日，戏弄之风稍杀，而搜括如故。小松单骑走集贤外，语人曰："将说大吏剿皖贼。"其阴谋曰："必说大吏彻宫仟也。"既而，局中使人追之。

二十九日，三俊勒乡人具结，毋许容留城中人，违者抄产烧屋。又骑马遍巡城中。二十四【日】，马头禁肩舆出城。时马氏暨光［氏］，吴氏眷属，辎重货宝，皆在距城六十里之唐家湾[①]。

九月，朔日，午刻，大雷雨。夜，狱囚越狱者五人，城中大乱，旋俱捕获。

二日，局中勒斩囚于宫令，杀十四人，屈死者九。囚，即支天柱所入狱存问之兄弟也。本十五人，后一人病毙。局中必欲尽斩之，宫令曰："今以越狱而杀人，奈何杀不越狱者?"

时，命之、小松以团长获近吕侍郎，侍郎假之以辞色，意气扬扬，以为官之赞否，在其口中，乃私告吕侍郎，谓官姑息。侍郎即以钦差令箭，命宫令尽斩十四人。命之等大悦，以为今而后，官不能部民视我矣。斩五人，五人相视而笑。斩九人，九人痛苦呼冤。

是日，大雨，吕钦使移行辕入城，驻于试院。总兵恒兴，以陕甘兵会熙宇于集贤关。

三日，查炮委员、候补知县王大经来自庐州。

---

① 唐家湾：位于今安徽省桐城市西境山区，桐城、潜山、舒城三县（市）交界处。战乱时期，官绅商民多避难于此。

五日，局中浼钦差团练大巨吕贤基札，取本任桐令成福[①]于庐州来办团练。

初，仲榆以赈银筑城堤，县令唐治[②]性醇厚，工上执事者多欺之，以无礼于官为能，而赈不及民，工不称赈，令更不能问也，呼唐曰“唐菩萨”。嗣成令至，以强干故，绅等甚惕之。而成以回避蒋中丞御事，署印者，即宋令也。

初，办团练，中丞以桐大邑，而宋少年，议欲以成来桐帮办。成自省来迎其母，仲榆谋纳交于宪戚，径取局款五百金馈贶。成自是与局合，局中日以不得成来为憾。至是，又嫉宫令，更欲得一桀黠之助，以充其无所不至之心，故诡侍郎檄成来。

时，成方办团练于六安，遂自六来桐。

六日，局中为成公宴合城绅士，派复捐也。始捐，甚不公，凡为局之戚党者，虽素封亦谓之窘。而执局事者，更得如葵之自卫，而甚且染指也，人皆不服。至是，群绅士闻议

① 成福：字午斋，继唐治为桐城县令，宋恪符之前任。咸丰三年（1853）九月，成福复至桐帮办团练。成福为官贪婪，处事跋扈，缙绅忌惮之。

② 唐治（？—1854）：字鲁泉，江苏句容人。道光五年（1825）举人，道光二十四年（1844）大挑知县，分安徽代理桐城知县。时桐城大水，唐治请帑劝分，按口赈施，不假手胥吏，一月须发为白。咸丰元年（1851），唐治调任安徽祁门，并邀桐城方东树主持东山书院。太平军图徽，祁门无兵，唐治上书请兵防祁门，无果。咸丰四年（1854），祁门乡民因忌恨前任知县史炳荣，引太平军攻打县城，唐治招大洪司巡检钟普塘带勇入城协守。太平军攻西门，唐治督众登陴迎战。城破，唐治被俘，不降不食，遭处死。

皆散。

七日，又催绅士未会者，书柬以议团练事，诱也。隶卒迫人于途，见衣冠之士要遮尤紧，立假威狐于中溜，傍之以鸱张狼戾者数辈，盭气骄逞，凛若鞫囚而怀刑者，相戒勿蹈明伦堂，甚于奸狴矣。

成之桐之日，诡得抚军札，曰：“如再办理不善，必以军法从事。”成为局勒捐，辄执札曰：“人不顾我的脑袋，我便要他的脑袋。”

始，六安捻匪酋帅有两人自加水晶顶戴者，宋牧诱斩之，即以其水晶顶帽承首枭示，并籍没家财充团费。至是，成辄引证，谓是：绅宦之不遵令捐者，吾杀之。

八日，抚军李嘉端飞檄恒兴还庐州，贼由江走巢，将扑庐州，故调恒兴还保。恒兴既至桐，又奉檄：“贼已出江，饬恒兴仍还戍集贤。”恒兴遂观望于桐，不即回。

九日，贼始据皖。

卷　六

团练，卫民弭盗之良法也。而事不师古，弗能为良。暂团之，无益也；常团之，则民力不能支。少团之，无益也；而多团之，则民事尽废。散团之，时纵勇为盗，其害犹在莽薮。聚团之，时逼民为仇，其祸即在闾阎。是何也？经费必待捐输，常则竭；招募不出陇亩，多则荒。失业久而归盗，犹或有制盗之人；畏势极而为仇，将惟剩致仇之我

所谓师古者，何也？井田之法当变通矣，则莫如管子《轨里连乡》之法。“轨里连乡”，人谓霸术矣。则试观张悫[1]巡社民兵之法，悫之法：以五人为甲，五甲为队，五队为部，五部

① 张悫（1065—1128）：字诚伯，河间乐寿（今河北献县）人。宋元祐六年（1091）进士，历仕北宋、南宋，累迁龙图阁学士等，曾建言：“请依唐人泽潞步兵、雄边子弟遗意，募民联以什伍，而寓兵于农，使合力抗敌，谓之巡社。”

为社，甲、队、部、社皆有长；五社为一都，社有正副二都，社有都副总首。悫之意，寓兵于农，仍即管子轨里连乡之术，主伯亚旅之内皆兵也。寇来则战，寇退则耕，而不荒民事，戈矛刀戟之外无需也。调则待饷，居则自食，而不竭民力，聊以什伍，非使弃业也。故后日无盗皆在行列，莫可倚势也。故今日无仇，此其所以为良也。而且自甲、队、部、社以至都首，如指从臂、如臂从身、如身从心，迭相为属。呼应必灵，自各长以至正副都总，部署自官，经制于国，统辖有权，兵民如一。非如城团，有急而乡团之，若不相及也；非如营勇，受节制而乡勇之，但为土豪羽翼也。

古行军之所以兵不患少以此。唐之泽潞步兵，雄边子弟，实此法之所自仿也，而制更莫详于此。行之既久，民自为卫，盗自然弥。为政在人，虽汰兵省饷可也。饷省，可以充搜阅鼓励之资，中间制品级，以为黜陟而。而总首或比职某官，贤能则入官。某职鼓舞之方，即所以为储才之地，此又井田之遗意也。

李桀[①]谓悫此法，即荆公[②]保甲之法。荆公先乱行之，则

---

① 李桀：四川内江人，嘉靖十七年（1538）进士，曾官内阁中书舍人、工科给事中、临江知府等，知晓兵事，著有《武德全书》。

② 荆公：王安石（1021—1086），字介甫，号半山，抚州临川（今江西抚州）人。著名思想家、政治家、文学家、改革家，北宋宰相，封荆国公。王安石推行"保甲法"，以加强社会管理，试图富国强兵。

司马氏[1]为害。张悫后乱行之，则论者以为精详。不知荆公因新法而立保甲，是惟恐天下有不见之利；悫因逼寇而创巡社，是惟恐天下有不强之兵。悫之法，即行于未乱，岂卫民而民不以为良；荆公之法，即行于已乱，岂扰民而民不以为害。其农即为兵也，与井田同；其兵仍有籍也，与井田异；其战则相喻也，与轨［连］轨同；其民不尽括也，与连轨异。变通尽利鼓舞，尽神其法，既良其意，尤美若荆公，保甲则同。其所以异，异其所以同。而先儒所以犹行保甲，则遵荆公之法，而非遵荆公。所以用法之意，则犹连悫之巡社也。

今如吾桐团练，则是招募焉耳。事不师古，害可前知，若江北淮颍一路，所谓连庄会者，呼应则声气可通于百里，号召则联络可至于十万，其犹有巡社之遗欤。夫利与害，原相倚也。畏其害者，未尝不收其利；恃其利者，未尝不蒙其害也。而古人之所以无疑难，有果断者，则为政在人之说也。不然，昔日两粤之义民，不犹今日淮颍之连庄会哉?

〖九月〗十日，局中日以用兵集贤娱钦差，而日以筹饷、造战具自混。日复一日，自起自歇。

赵介山[2]者，穷而老，狷洁自爱，命之曾从之受业。是日，又议出兵，大纛已出，乡勇皆齐队听令，国人奔走相告

① 司马氏：司马光（1019—1086），字君实，号迂叟，陕州夏县（今山西省夏县）人。北宋宰相，著名政治家、史学家、文学家，王安石变法的反对者之一。

② 赵介山：赵献，字符叔，号介山，诸生，桐城知名塾师，广有门生。

曰："兵出矣！"而局中实未有成议也。命之辈方汗出如浆，顷刻万变。厮卒忽传入一封书，抿舌拆缄，则介山札也。

札曰："闻将出征，已誓师矣，仆喜欲狂也。亟鬻陋巷箪瓢，毁家纾难，青钱四贯，敬奉麾前，不足助饷，聊以充乡勇行间啜茗资耳。勉旃速行。另，某肆钤券钱四千。"

阅毕，汗下溢颊，良久不能声。或谋璧之曰："兵未行？"命之摇头曰："不好！"时人谓子路怯战，原宪犒师。

十一日，马氏恣，桐人怨入骨髓。仲榆等欲议卸局，激怒钦差，招群绅士来，然后告退。叶铁卿曰："汝非由公议举者，进退自便，何必告也？"成福至，故力挽留，又往拜其门，而后仍旧。

是夜，通城揭帖，表张殆遍。迟明，局中遍使人洗之，桐人曰："帖可洗，怨不可洗也！"

帖曰："马氏仲榆，天良丧极。狐媚买权，虺毒逞术。霸赈以工，盗饷以局。叵测者心，莫填者欲。借团剥民，武断乡曲。借贼弄国，文致法律。父子兄弟，递擅威福。市侩贾竖，爪牙群立。仇民之苏，乐民以蹙。民无余地，尔犹不足。民不聊生，尔犹不释。打绅抄家，杀民烧屋。民命莫续，尔捐犹复。钱粮捐输，归尔一握。国恩免征，尔刮沟瘠。持术兢进，如秦会木。挟权求退，如王安石。如彼操矣，假借岂必。如彼莽矣，谦恭并不。如尔何哉？如疽附骨。吁磋乡梓，惴不敢哭。马颠濡尾，谶在他日。"

初，桐有童谣曰：“骑马骑马颠颠，走到安庆（谣读如前）。安庆水大，淹着小马尾把［巴］。”马氏弗戢，人皆以为应在马氏贪前忘后，有小狐濡尾[①]之义。

十二日，张熙宇弃其庐勇于皖城。

十三日，恒兴始自桐返集贤。庐勇六百，最骁悍，勇目七八人，皆五、六品顶戴。而统领之者，为杨老四，逼贼下营，距城五里，地名五里营。次则陕甘兵，营于十里铺；次则潮勇，护张熙宇驻集贤关。

皖北门[②]外有茶馆，房宇精致，贼留为游憩之所。一日，庐勇八人，亦混至馆中啜茗，俄有三长发贼来，主人悄语庐勇，使避贼。八人相耳语，以为方募得长发贼头三头，当得若干金。疾前拔刀，决三长发头，挈之而归，上首功。

既称意，则欲常因以为利。越日更去，则贼有人侦之，自北门扬兵大出，庐勇以七人赘贼，一人驰回。

起兵五里营，拔营而起，有大枪五百杆，皆一人肩枪发火，腰插利刃数把，不俟令，驰而往。探骑驰报陕甘营。

时，恒兴尚徘徊桐城，在营者为边葆醇。草檄驰报，熙宇疾起，陕甘兵为后劲。至则庐勇战方酣，驰骤往来，贼辄应枪声倒。短刀队腾踔奋迅，杀人如草，血洗衣尽赤。回首见陕甘兵来，欢声雷动，勇气百倍。

---

① 小狐濡尾：比喻始易终难，出自《易·未济》。

② 皖北门：安庆北门集贤门。

贼崩溃，庐勇不暇他顾，直碟［喋］血杀入北门。贼奔窜江边，争船逃死。城中长跪乞命者数千人，皆江西难民，泣呼神兵来，天生我也。城上有木楼，高数丈，有瞭望贼在其上，不敢下。庐勇方奋近，楼上忽鼓掌大笑，疾返顾，不见一兵，则陕甘兵退矣，大惊返走。船上贼已复至，扼住北门，城中贼皆出东西门，兜回断其归路，而庐勇火药已竭。

先是，边葆醇仓皇草檄，谓庐勇要打仗。熙宇惯持重，曰："有令俟兵齐集，何得轻进！"即发令箭止之曰："行即掣回。"陕甘兵本怯战，得令箭遽返，初不问庐勇之已入城也。庐勇枪长力远，过贼枪数十步，故贼始不能以枪敌。

至是，庐勇枪废而贼枪遂进。庐勇大窘，乃尽弃良枪五百，拔刀大呼，夺门而出，直陷枪林，杀贼夺路冲出，已阵亡百余人。而杨老四连马陷坑中，三跃不能起，遂遇害，贼剐其心。庐勇皆怨熙宇曰："已则顿兵，而又掣我接应。我等归，彼且将以违令罪我。"于是，溃而走者又二百余人。时，贼已彻桥，庐勇皆泅水走，未及渡者，犹拼死战。

陕甘兵既回营，熙宇始知庐勇已杀贼夺城，以为皖城已复矣。疾起潮勇往，潮勇不肯，曰："彼功在垂成，尚待我耶?"熙宇无奈，自起统潮勇往。过十里铺，陕甘兵不得已，又齐队先驱。庐勇方疲乏，气喘如牛，面黧黑如鬼，贼滚滚乱如潮涌，苦不能脱。两营兵至，犹莫敢当，乃架大炮，隔水轰击。贼大乱，避炮。而后，庐勇毕济，望见熙宇，争挤马前，哭而诟之。熙宇惟引咎自责。庐勇曰："汝速办兵来，为我兄弟死者复仇。我众兄弟溃走者，想必不远，我再招之。"熙宇以庐勇存者不及一半，遂彻回集贤，而五里营遂无营矣。

庐勇日夜鼓噪，请兵泄恨，而各路兵又齐集，故檄催恒兴回营议事。是役也，庐勇虽死伤百余，而贼兵伏尸数里，血流成渠，亦足以大挫其凶锋，使陕甘将弁知权变。即矫令曰："有令箭进兵，则皖城唾手收复，功成不测矣。"

时，贼一路烧民房回城，迁怒泄忿也。

得江西书：贼本无志于江西也，有新建县人高明禄者，为南昌隶，通贼，言江西为总办粮台之所，饷多兵少，得胜门砂城，板搭可上，有众二千，城必破。贼利之，故毕力也。其后，获潮勇之从贼者三人，因发明禄阴谋，始逮明禄全家，枭首围城之内。

初，闻警，绅民皆徙，惟陈孚恩、徐士谷两家未走。中丞张芾奏："查道府以下走者七十余员。"

五月十六日闭城，明日，湖南按察江忠源，以楚勇四百人至，劝中丞烧城外民房。时大雨，七门纵火，乡勇相惊以贼。大教场勇溃，散去七百余人，失去铜炮五十余座，火药六十桶。军装储积，俱为贼有。又明日，贼船陆续游弈[①]城下八百余艘。未坍城垣，遮城上炮路，打不中船。七里街、周公亭、

① 游弈：同"游弋"。

盐仓、司马庙，樯桅如荠，火箭彻夜，星陨电掣，声如裂帛，如飞蝗蔽天。比曙未伤一人，未烧一屋，尽落东湖水中。人心始固，是得真君许旌阳神佑也。

自是，贼日以火炮环攻，楚勇缒城杀贼，日夜接仗迭胜。中丞募缒城，杀一长发，予五十金。江公约楚勇严，有妄动民家一草一木者，立斩。于是，人心安而士气益奋。贼掮隧道于广润门、南湾、得胜门、彰义门，阻水，毙于隧中者无数。中丞取街道麻石，增筑土城，又埋"瓮听"地道。

越五日，忽大声如万霆迸裂，得胜门城地陷土朋［崩］，城平地坐下，贼并力杀进。忽若迷惘，我兵截杀，陷处一瞬崇墉屹立，止压死官兵数人，群见"真君"现于城上。

明日，中丞率官绅迎真君、火神、城隍，供奉于得胜门楼。获红巾数十，内有近地绿营兵。

又三日，九江镇罗总兵以章武军四百至。有奸细随兵混入，获之。夜守，中丞令以大篮装薪，防油竭也。贼造长木桥于枋厂。

又三日，复挖街上麻石置垛上，防云梯扒城。

明日，择以未时战。凡五队，出顺化门，发炮早，贼以伏，炮过扑上，兵勇皆溃。炮发于城上，毙贼数十，兵勇复聚杀贼。贼败，逼水堕淹毙无数。

又明日，贼以云梯来攻，九江兵用石杀扒城贼三百余人，又击杀抢尸贼无算。四更，城内樟树下民房火。

又明日，卯刻，城震声闻数十里。薛泉塘围南边城大垛溃，贼蜂拥蚁附而上，炮打死贼百余，磺多炮炸，我兵有死者。贼联梯三丈七尺，排而上。楚勇进，杀之无数，大胜，立以砂袋麻石补城。

又明日，云南关镇将至，带开化兵七百、勇三百六十。是夜，贼火攻。

又四日，九江马镇将以兵来援。获古铜炮于永和门，出之地中，光润可鉴，而风门不塞，谓之神炮。架之得胜门真君座前试之，声洪力远，命必中。后获奸细，皆言红巾最畏神炮。真君降示战诗曰："暂到军中施小技，红巾红炮打回头。"越日夜，炮震地陷，压毙红巾无数。

各路援兵大至，分营城外。贼筑土堡高台，神炮毁之。

又十四日，彰义门城砰訇大震，陷三丈有奇。北风灌城，贼无数，火罐、火箭、狼烟、毒火乘风内拥，烟如山瘴。我兵冒烟杀贼，抵死与贼夺缺。烟倏透城而出，返风，风噫自南，飞火直扑贼船，贼奔窜烧溺，死者无数。时，清宪坐城，坠而踣之无损。

明日，贼讨战，罗镇将出，贼众，几不胜。马镇将接仗，红巾尸僵遍地，追剿及贼垒，中冷枪捐驱［躯］。马公子奋力夺父尸，又中炮殉父死，同殓葬。

连日大风雨，水势漫衍，攻守俱不能发炮。贼先以木棺实火药，暗瘗于彰义门城下。至是，水势益高，城中知觉，挖出之，阔七丈，微雨则火发矣。

又五日，中丞衅炮、祭旗。巡城，飞炮毙身后一从人，血溅中丞冠服。自后，城中出兵，贼不战，但于杉木墙眼内放枪箭，常夜放火器，城中终无一伤毁。火箭长二尺六寸，一枝六灼炮弹，贼谓之“圆马”，大者重五六十两。院署辕东旗杆，飞弹洞穴而过，透亮一大孔。丑寇陆梁，所至望风瓦解，不谓“干城砥柱，乃有南昌”。

初战，有李把总者，挺矛杀入突阵，贼大披靡。把总拔刀，割贼首级，中炮伤，犹力战。新发于硎，裨弁用命，已足见大将之能兵矣。

南昌，凡以战为守者历三月，贼大挫衅，窜走，南昌围解。

时，江公忠源已统所部勇，赴田家镇徐观察军。

得河北书：怀庆之被围也，河内令裘宝镛撄城守。河内，怀庆附郭县，一以穷城拒凶寇五十一日，使贼无可奈何，解围去，宝镛之力也。贼环怀庆筑十土城，密留枪眼，绕以深沟，以拒外援。

南北大兵齐集：南来者，为胜保、托明阿、西凌阿、善录；北来者，为讷尔经额及山东巡抚李僡，又有河督常增等，俱于数十里外先后列营，安兵持重。惟胜帅营最近，而再战，几覆军。

怀庆旧有镇将，是时又适奉调在外，城中但有乡勇数百。

贼昼夜急攻，宝镛短衣椎髻，蹑班尖屐，杂乡勇操作，日夜城上，随方御敌。贼穿地道，城中亦隧地迎之，灌水熏烟，杀敌无数。乡勇往往与贼斗于地道中。围久粮尽，城中罗掘俱穷，日有殍尸，皆检而置诸公所，宝镛日与民勇劚草根、树皮疗饥。

一日，城忽为贼地雷轰坍塌数丈，砖石飞起冲击，烈焰腾滚，乡勇呼号，欲奉宝镛走。宝镛抢登城缺，捉大砖投中一贼，顾乡勇自指其后，曰："有四着黄褂者在！"乡勇惊以为有神助，争握兵登缺，贼骇走。宝镛大呼"杀贼"，跃则绊砖，坠而僵。城烘脆复裂，土石塌下瘗之，乡勇拼死从而下，贼愈骇，疾走。然后得出宝镛火砾之中，不遑追贼。宝镛闷魇昏瞑，抖而苏之，气不能属。民勇皆求舁归养疾，宝镛曰："吾生死在城上。"乃舁，卧城楼中。越一夜，即索竹床舁之巡城。

贼计穷将走，十城中彻夜擂鼓。城中闻鼓声，则勒兵登城，大营角声遥应，因风低昂，官兵相顾，往往泣下沾襟。既三夜，则鼓声既明不歇，登城望之，则幕有乌矣。驰两骑走报大营，胜帅引兵窥之，果空城，但悬羊擂鼓而已，榜曰"悬羊擂鼓阵"。

宝镛忠义，士皆乐为之死，曾八次请救，皆冒重险，间行投各帅营，哭诉求出兵，讷相[①]亦为之流泪。有武力，善用九节鞭，令祥符日，李僡方巡河南，舆中必置双锤。民为谣曰：

---

① 讷相：讷尔经额（1784—1857），字近堂，费莫氏，满洲正白旗人。官至文渊阁大学士。咸丰三年（1853）7月，太平军北伐围河南怀庆，讷尔经额以直隶总督授钦差大臣领军堵截。

“中丞两把锤，明府九节鞭。”今鞭已血染，而锤得用武之地而不用，盖锤之不幸也。

围既解，六门出瘗公所尸，三日不能尽。群帅争奏捷，讷相以余贼穷蹙窜走闻，而贼已逾太行，趋三晋，陷垣曲、曲沃数州县，屠城焚邑，蹂躏数百里。

时，逐贼入晋者，惟老将托明阿所部劲卒八百，皆塞上健儿，拚十年不归，为国杀贼。将趋晋阳，遇贼于途，麾下兵半在后，随行者三百。托明阿方食，投箸迳［径］上马挥兵战，贼飞炮破脑血闷，几不能军，竟抱头跃马大呼杀贼。麾下感奋争先，贼大败南折而东，而托明阿伤重，不能复趁贼，遂卧病泽州。

讷相师及临洺关，使磁州牧恩符御贼于赵村。恩符所恃者红夷大炮，而炮误，自伤其勇四千人，贼遂复炽不可遏。讷相师溃于临洺，恩符逃赴胜保军。

临洺陷，贼益长驱北犯，北直隶大震，京师戒严。

贼屠沧州，陷静海，至于独流镇。警报至天津，镇道遑遽，莫知所为。天津令谢子澄议出城，扼险击贼。天津重兵多已应调发，在伍者惰不习战，子澄乃出刘、余二大猾于狱中，导以大义，二人愿收召豪党听驱策。

不旬日，得义勇千余人。子澄独与刘、余率之出，设伏于距城十里之稍子口①。又调海宾雁户船五十，使星散水面。辰

① 稍子口：稍直口，位于今天津市西青区西营门街道小稍直口村境内。1853年，太平天国北伐神军李开芳部与清军激战于此。

刻布置，甫及午，已见贼众数千沿河来。港口先已挖断，贼兢掷金诱雁户船渡，近则环枪突发。

环枪者，打雁枪，能连环发。先声虚，惊雁起；后声实，雁应声落，故贼不防。伏而起，则应声倒。伏发，拼杀贼七百余人。一秃颀贼，凶悍善跃，尝蓦胜帅军，枪从击，则一跃十余丈，至是毙于环枪。余贼惧，奔还独流。

后五日，胜保大兵始集。事闻，子澄蒙优擢，以知府加道衔。而子澄以“不能留贼”为大帅功，因不获当大帅意。大帅檄调刘、余勇，子澄徇刘、余意，力以迁地弗良辞，益忤大帅，抵牾时见于辞色，而子澄朝夕筹给军需，无缺也。

时，大兵营于梁王庄。又五十余日，恩符矫胜帅令，使都统佟鉴、达洪阿出队。日习出队，不见一贼，不过使枪炮斗声，以使铺张胜仗。是日，贼忽扬兵大出，达洪阿兵溃，贼死图佟鉴，不得脱。子澄适以船运盐米赴大营，即请于胜帅，以勇三百冲围入救佟鉴，而佟鉴与所部先已战殁。子澄势孤不能敌贼众，身中七枪，刘勇目负之急奔，贼追近，子澄奋身自投于河。刘反战贼，殉焉。

明日，丧入天津，望辆痛哭者塞路，男妇持服。七日，旨赠布政使衔，优恤，赏一子举人，建祠津郡，刘以六品从祀。义勇不愿他属，及余勇目仍以子澄嗣子统领。

始贼初入独流，已分为二，后一窜连镇，参赞大臣科尔沁郡王僧格林沁守之。一走高塘，胜保守之。旨逐恩符，勿许嵇留胜保军。

〖九月〗十四日，三十里铺[①]获一“妖言惑众”人送局。有鬻符人，操楚音，称贼大王谓“大王”，准以明日午刻至，但得我符帖户外，大王即过门不入，或帖胸前亦可。妇女佩之，无敢亵视者。符一张，钱五十。符中藏〖有〗“金大王”三字。问其姓，曰：“吾姓金。”愚夫愚妇或争购之。乡人疑之，缚送局。命之等仁心倏至，以为疯颠。

十五日，大风尘幕，云气暗淡，日色如灰。北乡十六保团练入〖城〗耀兵。

十六日，局中日谋剥民，不欲民有余力，诩诩自得，必如是而后一网打尽。议：凡有租一石者，局取二斗。始乱，乡民大掠仓稻。其后，乡局公约，还稻入仓，而每百石贷十五石，乡董分给穷佃，约秋成还仓。还仓者，故作是说也，还旧则必贷新也，而局中议，又取还归局。新租二斗，局中议，以五升归乡局，以有田者在城而田在乡也。

乡局私为议曰：“城中议十分取二，谨遵议，稍为变通，保安局取一分，其余一分归散保。细局者七，留赈穷佃者三，保安乡总局名谓之“稍为变通”，则已兼城局一斗五升而并之矣。若不知二分应归城，而城仅与已四分二之一也。并城局议帖粘之，不知何时混得县官印，业主来则执券勒留二分，而城

① 三十里铺：位于今安徽省桐城市卅铺镇境内。

局不问也。城局欲人量稻纳钱，不欲得稻，故为不闻。局总四家，家皆租万石上下，故自石租至万石，皆一律不肯绝长补短，使贫户稍苏。方将骚动闾阎，使地保逐户查造租册，又将纵“十鼠”沿门大索。

“十鼠”者，桐人切齿、逼捐“十棍”之称也。

是时，一城困乏，莫可告诉。百租之家实收不过六十石，乡局占二分应十二石，城局又一分有五应九石，又责缴佃贷十五石，总计已去三十六石，是百租实收者，仅二十四石。时稻直［值］石三百数十钱，八口不足供一月之食，逃难不能敷一徙之资。而局中复谋，按亩征丁漕如旧，又局不歇，则捐之续无底也。穷城中人心惶惶，民气梗塞，强者但欲贼速来，弱者但愿己速死。

于是，合城绅士，会于大宁寺[①]，公议非局，而又不敢讼局，积威劫之使然也。具词：但乞贫富异等，否则，恐民未死于贼，而先死于局。

署押者七十八人，推齿德者主名，入见宫令。齿德者居前，皆再拜稽首，奉词泣曰：“皇天后土，实鉴临之，此乾坤何等时，而桐有蠹国欺民之局。”宫令戚然曰：“知之。”批使赴局会议，妥帖章程。兴辞，再拜稽首，众皆哭。

诸老、四川令张元伟曰：“某高曾两世相国[②]，墓田数亩，

---

① 大宁寺：位于安徽省桐城县城东作门内，今不存。

② 两世相国：大学士张英、张廷玉父子，安徽桐城人。

保佃且倚局指，霸租肥局，后嗣贫不能祭，而又坐视人夺其祀田，鬼其馁而某死不能瞑。”

老孝廉吴恩洋[①]三顿首，兴曰：“仁天父母，赤子何依？某等为民乞命。”宫令动容，众哽噎而出。

词出秀才陈子文手，其义甚正，而但知驳其派捐章程，不知预发其横暴侵吞事迹。及守城应办之事，一未办出，执事之人皆非民望，又不知当索出入簿籍，与合县士民公同较驳，故心可以誓皎日也，而迹反近于阻挠。

时，局外所仰望者宫令，而局中所恃，则可混以私者有成福，而能挟以公者有钦差也。众既出，则录其词并宫批，帖之局外。局人大怒，立使人倚壁，录七十八人名，创辞竟论其“阻挠军务”，且谓抗不捐输者几人、捐不如数者几人、未曾养勇者几人、交勇不如数者几人。凡心所欲反噬者，又皆一网打尽。

时，成福方在北乡，谋必俟成福回城而后递之，兼上钦使。

十七日，局复以凶棍催捐。桐人之恶“十鼠”也，皆欲食其肉而寝处其皮。

“十鼠”以揭帖中有“爪牙群立”一语，恶之，亦欲覆帖“谢不催捐”。其徒或曰：“不可，仲榆卸局，有老成挽之，且

① 吴恩洋：字堇荣，号广文，安徽桐城人。嘉庆六年（1801）举人，曾官当涂训导。

登门请，我辈未必能枉老成驾，何以转头?”

“十鼠”遂造局，故与仲榆哄，以为“累我得骂名”。小松大言曰：“十人有大功于桐城，何可少也!”为之言于成，成又为大言耸动之。于是，局复用“十鼠”上街逼捐，“十鼠”更跳梁无忌，入人家辄大言曰：“我何乐问这事? 奈成午斋礼求不过耳!”

十八日，张勋、马三俊为胡子灼辈请六品顶戴于钦差，阴以自著。朱鲁岑、方存之出帖讯讪绅民，言城之所以当守者六，皆食毛践土，旧德先畴之套言。若桐人士之不肯守者，而局之不谋守则全为浑隐，且捏叙正月事，曰：“张君小松痛哭誓死，马君命之起而佐之。桐人知其向以徒党相标榜，无不鄙之。小松辈得之大喜，即誊录一纸，先呈吕侍郎，将券此自以为功。又命剞劂氏[①]印之，以驰其不胫而走之名，复忧侍郎或不知其功，因借子灼辈叙焉。

初，“训”字满城之日，局中阒其无人，或言仲榆尚在议事处隐几而卧。

---

① 剞劂氏：刻板印书的人。

卷　七

〖九月〗十九日，徐石民观察家丁某，来自田家镇，报凶问于观察之子晋生，言观察已于十三日殉难军次。

贼复泛滥于楚北，晋生即日质贳奔丧于广济。

张亮基既置石民于危地，遇事又掣其肘，军费不给，条陈往往置不议。及是，亮基改抚山东，代之者为滇黔总督吴文溶[熔][①]。亮基不俟代至，即弃楚就道，而楚中军务益无所秉

---

① 吴文熔（1792—1854）：字甄甫、云巢，号竹孙，安徽歙县（寄籍江苏仪征）人。嘉庆二十四年（1819）进士，历任翰林院庶吉士、编修，礼部侍郎、刑部侍郎等，晚清名臣曾国藩的座师，荐有江忠源等。道光十九年（1839）出任福建巡抚，次年升任闽浙总督。咸丰三年（1853），调任湖广总督。咸丰四年（1854），黄州之役兵败，吴文熔投水而死，谥文节。

承。石民数与贼鏖战，贼屡挫衄。

江忠源自江西来会兵，观石民水陆布置，称其无懈可乘，而言及军心与所需不能自主，辄相与太息。贼船溯流大至，观察亲执大旗，督兵拒敌。贼炮火满江，拼死冲突，彼此死伤相埒，而贼已犯险境过。时，左右多已潜逃，惟旧仆数人，暨桐乡幕客吴士衡在侧，庖丁亦遁，赖小卒棚中送饭。有同知劳崇泰者，以募军三千就张亮基投效。亮基不甚究诘，遂拔来助观察军。连日战，观察俱不肯用之。及至兵渐少，而贼来愈众，而不得已调劳勇，以三千人分前后队出战。

战两日，贼船踰险者愈多。侦之，则劳勇炮不纳弹，观察大骇，拔刀将斩前队勇目，而后队忽变，兵勇混杀，兵遂大溃，观察犹执旗植立木牌上。江忠源曰："石民勿死如鸿毛也，要死，咱门［们］武昌城中死去！"观察不答，而飞弹已至，仆伏牌上，烟火炮弹皆从背上过，而汉黄道张汝瀛①已中炮亡于阵上。

炮从陆路来，望之不及四马路，盖贼已水陆并进矣。江忠源又曰："石民，此非死所！"观察爰授指仆某，使即走桐，即上马与忠源驰走武昌。驰马不及一箭，观察勒马不使前。后有

---

① 张汝瀛（1798—1853）：字仙舟，号海岚，山东乐陵人。道光元年（1821）举人，历署恭城、平南、桂平、荔浦、苍梧、贵县事，代理宁明州，兼摄明江同知，权象州同知候补，因功洊升知府。咸丰三年（1853），擢汉黄德道。甫抵任，偕徐丰玉同守田家镇。九月，"援兵不至，中枪坠马，遂自刎。贼焚其尸，投骨于江，被害中最酷事"。谥勇节。

溃兵一团，贼杂其中，且走且相杀。义仆杨福疾呼曰：“贼已逼，主速策马！”观察大声呼福：“将刀来！”福拔佩刀进之，观察即绾辔举刀自刎。杨福等拒贼，从死者四人。

士衡佩印，贼搜得之，以为观察，跺［剁］尸投之江中。义仆蓝大走，上陡山，获免。

越五日，觅得主尸，舁入广济县。石民与昭甫以义气相知，昭甫书来曰：“石民必死，昨与我书，言时事，慷慨淋漓。动辄牵制，石民惟有一死报国耳！”越数日，而闻石民殉难事。

二十二日，七十八人之呈词也，并呈吕侍郎，宫令呈批侍郎，侍郎曰：“善！”即使如批。会议张星宗，拟《递增递减法》，增则自五百至千，租如局议；上则递增之至万，租则十分取四，谓欲充经费则然。减则自万租至九千，如局议；下则递减之至千租及五百，则十分取一，谓欲恤民隐则然，而不及五百者则均免。

光、马等不肯〔奴隶桑梓〕①，手一纸月例用款，睅其目曰：“对你说也不懂，拿取瞧罢！”诸老在侧，勿顾也。

俄而成福来，众呈《增减法》。福不可，谓少租者免，则租多者亦得以析产分为成数。星宗曰：“析产必分居，不分居亦必分爨，可数灶而知也。”日哺未决，张元伟言激，成福拂衣而去。

---

① 原文有误。依方江前述，光、马氏等鱼肉乡里，民深恶之。

隔户有故道，赆金五百事者，福回署大噪，谓桐人可杀。宫令徐出，问故。

先是，局中既罗织七十八人控词，入则欲宫令签提，宫令批仍委婉。福以宫不折辱众绅士，见则相讧。宫令徐曰："俟印入兄手自为之。"因曰："勿尔，还要弄几两盘缠。"众绅士得其言大喜，皆以为宫令可恃。

众绅士方以《增减法》复呈，宫令未及奉批，而局中忽帖一纸出，则录侍郎前词批也，严斥众议，谓："自正二月以来，袖手若不干己事，今一筹经费便敢阻挠，私心显见。"众大错愕，莫辨真伪。而犹恃批中有"宫、成二令，传同议覆"语，度宫令必有调护。此昨夜事也。

本日，宫令期复议，齐集大宁寺后院。"四凶"先在，俄而宫令至，俄而查炮委员王大经至，俄而成福至，入户则手揭其绵马褂，顾宫令王宫珠毛马褂作冷语曰："天寒，尚无皮衣，会须弄几两盘缠做一件。"因曰："前日回去，气跌两跤，唾血两口，活四十四岁，未碰钉子，昨日又冤受钦差声饬，今日事不成，吾三人俱死于此。"即厉声呼曰："来，山门看锁，七十八人勿放走一个！"

皆坐，指八十三龄髦绅吴董荣曰："你是吴恩洋？你捐若干，曾养几勇？"董荣家徒四壁者也，不能对。成福起，迅步揕其项领曰："军法从事！"众大骇，目视宫，而宫令忽亦曰："便他是首恶！"起抓董荣，出户降阶，厉声叱："锁起！"，大经故从旁解免。

众气哽久，钝立从而下，忍垢揖二令而请曰：“敢不惟父台之命是听?”既复坐，犹指麾诟詈，辱及人之先世。董荣喘促，不能属辞，良久但曰：“我老广文，七品官耳!”成拍案曰：“我把十四品官拼着你!”是时，众已皆曰：“惟命”。

既议，二令谓：局不都自鬻稻，仍以钱捐。董荣曰：“然则仍旧续捐，不论租亦可。”二令不依，必以租论。

姚晓圃[①]者，穷且老，乡先贤姬传[②]侍郎之孙，而元之[③]都御史之从侄也。与星宗旁立，私语曰：“不立章程，恐难办。”宫令摇步过其侧，大骂曰：“你配说话?”成福骤进曰：“是谁?”即又左手封其领，右手揕其胸。宫令自后，一手攫辮发，一手推之，且骂，自后院，越重阶、度重檐、出前殿，直至山门下。成福叱群隶系颈，隶举练，巨皂杨山目之，隶纳练袖中。宫令叱：“掌咀!”

二令拉晓圃，惟方复生随出，吴金圃从而后。语宫令曰：“闻钦差亦曰和衷，似此恐不复和矣。”宫颔之，即释辮不推，又阴拉

---

① 姚晓圃：姚逢圣（1795—1853），后名宝同，字止卿，号筱圃（本著作“晓圃”），郡庠生，安徽桐城人，姚鼐之孙。咸丰三年（1853）十月十六日，姚逢圣于天宁庄被太平军俘获，怒骂太平军，被杀。

② 姬传：姚鼐（1732—1815），字姬传，一字梦谷，世称惜抱先生，安徽桐城人。乾隆二十八年（1763）进士，清代散文家，与方苞、刘大櫆并称为“桐城三祖”。

③ 元之：姚元之（1773—1852），字伯昂，号荐青，安徽桐城人，姚逢圣之叔父。嘉庆十年（1805）进士，官至左都御史、内阁学士。

成福袖，而叱辱已不堪。复生再三揖请入，二令为不闻。

俄而“四凶”摇曳出，支袂迓入，二令则步随袂转。既入，顾陈子文曰：“你姓什么?”盖二令止欲得子文也。子文曰：“陈光黼。”曰：“就是你么？坐，坐。”则故作难挑之，子文无不易从也，卒不得发。子文出曰：“光棍难吃眼下苦。”

先是，季芳至最早，脱衣帽坐侧房，故作壁上观。俄见局中贾竖、抄胥群，鬼蜮陆续阶来，群不知其词中人也，笑曰：“也是来看热闹么?”季芳曰：“何事热闹?”群作矜态，曰：“少刻便见。”

既而，有恶勇数人骤入，问隶曰：“某样[①]了?”隶竖两指，诡之曰：“锁两个。”曰：“何在?”【曰:】“在侧屋。”数勇狂笑，径入侧屋，曰：“瞧瞧。”

“四凶”，桐人称四总也。领勇六人，曰“六鳌”，或曰“六獒”也，与逼捐“十鼠”并传。桐人日夜吁天，每饭不忘者也。

方再入议事，宫令不容。晓圃复入，复俏语之曰：“元之先生侄也。”宫令叱曰：“我不甚么死姚元之!”

嗟呼！人之不可死也如是。夫然以余观今之可怕者，又何尝非死人哉？是役也，乾时之战，虽败犹荣；钩党之诛，不与为耻。惜草创未密，讨论未周，不足以间执谗慝耳。然势用其极，理不能胜，无可悔也；虽剜心泣血，彼一颐指，千言皆废

① 某样：安徽桐城方言，什么样、怎么样的意思。

矣。遵斯时也，非善用养者，何以免祸哉！

二十三日，张熙宇、恒兴弃守于集贤关，副总兵赓音泰战贼无援，死之。桐人大警，张勋以勇五十请于钦差，赴王家套烧贼船。套在荒江之滨，西距枞阳口六十里。

二十四日，成福仓猝以募勇北乡，出城。张熙宇、恒兴狼狈来桐，溃兵大至，倾城迁徙。暴风未息，桐人凶惧，城闉夜辟，局中亦不复禁人出走，而亦不敢议守也。人心为国，虽走犹复怨局不置，恶其糜饷而不先事，事之也。

逃兵纷沓，身无资斧，又无统属，人皆虑其将大掳掠。局中但谋以钦差令箭逐之，不使盘恒［桓］城外。宫令在局闻之，曰：“必不可。”即令局派人收逃兵于城外，令皆赴署领口粮，既曰：“兵弁渐集，仍各就伍，驻桐。”

是败也，犹前日误陷庐勇延祸也。始既漏师，贼亦轻我，贼薄我于十里铺，陕甘兵冲锋血战，而庐勇忿陕甘兵之陷己，出不意纵火焚营，掠其财帛。陕甘兵惊顾失所恃，遂溃。

贼长驱直抵集贤，潮勇奋击，炮殪贼如长风偃草。熙宇方食，闻兵声，急投箸逾垣而走，遂彻桐蔽，委贼百有二十里，使与桐无间。

二十五日，斩长发奸细一人，潮勇获之于圆昙，发新剃，将刲肝烹啖。得长发一握，藏衷衣[1]内，长尺余；又土营腰

---

① 衷衣：衷里衣，意为贴身内衣。

牌一。

钦差大臣吕贤基束装戒行，局绅大起乡兵，为钦差壮行色。后警息，讹传贼塞集贤关，遂倚装待警。乡团计费不资，怨局之妄调也，再不能复应调。局中人互相诿，以为不知谁调乡兵。

成福之走也，王大经言于钦差，曰："成令已走。"钦差庇之曰："吾有令。"大经不悦，退即赁车，不请令而行。遇吕亭、遇成福，告之故。福邀与同旋，不可。成福回愬大经于钦差，钦差怒檄取之。成福以募勇出，其入之人，如其出之数。

孟小老鼠应募于庐州。

二十六日，局中觇贼于枞阳者，曰"邓憨头"，博徒也。久不返，忽传憨头一书札至，曰："我天朝传谕，各路进贡，不遵者，屠其城！属局中当及早预备贡物。"

二十七日，犹趣续捐。

二十八日，练潭获自贼中来者二人，恒兴斩之。卯刻，虹见南北，径天背日，而圆青紫色。亥刻，微雨。

二十九日，寅刻，雷，人夜惊。昨日薄暮，讹言贼艅驶入菜子海①，又谓练潭有黑旗贼至，戒以夜半入。雨黑天低，疑

---

① 菜子海：菜子湖，位于皖江北岸，今安徽省安庆市宜秀区、桐城市及铜陵市枞阳县之间，由白兔湖、嬉子湖、（今）菜子湖 3 个湖区组成，湖泊总面积 226 平方千米，流域面积 3346 平方千米，具有典型的湿地特征。太平军占领安庆地区时，多次与清军及地方练勇激战于此。

生草木，殷雷作响，多相惊以为炮声。有揺局门而大呼者曰："炮来矣，声在油炸巷！"巷即负郭，阖城阒寂静听也，鸡犬不闻，空邑也。阴云惨幂，四野多风，枯树寒溪，秋声在水，真有黄蒿古城之凄况矣。及大声再起，人知审为雷。仰视穹苍，东方既白，则握手相贺慰也，曰："又赚一夜。"

局总诸富绅益罄徙唐家湾，一运动则百数十扛缀属于路，而尚谓人不知也。民间为"五字谣"数十韵，帖满通衢。首两韵曰："好个唐家湾，金银堆成山。美女数十万，稻米百万石。"局中恶之。严设备，盗火药，醵教师，佣强健，紧扼隘口，阴谋贼来即统局勇，往保其家。

十月，朔日，鲁生逃难归自黄州。石民荐鲁生黄州阅卷，方扃覆，谍报田家镇战，两观察皆走，兵溃。太守金公[①]拍案叱曰："妄也！"俄又报目击两观察骑马奔武昌，太守曰："必妄！若果败，二公非败逃者。"既而，报两观察皆殉难，太守起曰："是不妄矣，吾知二公不辱国。"而黄州残破之余，一无可恃，即命启扃免试衣冠而出，散幕客人十金遣行，从容北向九顿首，自沉于堂下池中。

贼拥入，出之于池，尸诸堂侧。其弟具衣冠坐其旁守尸，贼来夺尸，不与。贼问曰："此谁何？"曰："黄州知府金某

---

① 金公：金云门（1794—1853），字吉予，号菊轩，安徽休宁人。道光十三年（1833）进士，官浙江云和知县；改湖北，历天门、崇阳、随州，擢安陆知府，调署黄州知府。太平军攻陷黄州，金云门自尽。谥果毅。

也。”“汝谁何?”曰:“某弟也。”贼问:“某即曾为县尹者乎?”曰:“然!”贼曰:“尚是好妖。”以刀划其额者再,曰:“便算斩首。”

弟守两日,欲求棺殓之,出走通市不得。将返,则贼已夺尸出之江。弟拊膺望江大恸,行不数武,亦仆而僵,遂死。

去年武昌陷,太守夫人牵两女公子,在城中殉义。少女侍母,更命服奉之缢,复奉姊缢,而后从容投缳死。能诗,太守以其遗稿示鲁生,鲁生不敢以颠沛失之,携至桐。

二日,斩长发贼及贼伪为乞丐者,共三人。皆获之练潭,恒总兵鞫之,音在楚粤之间。临刑,犹僵其项不受刃,努目顾兵曰:“杀不得的!”而头已堕地。

熙宇将鞫贼,先使剃发,盖欲活之也。及鞫,问:“何为?”曰:“杀妖。”“谁是妖?”则指熙宇曰:“你就是妖,我要杀你这大妖!”

连日仍逼续捐,谋以局勇逼避者于山中。初办助饷,仲榆等勒人捐官,人初不料局揩国饷,官不可得也,贫人多称贷鬻产营捐。至是,司局官绅仍逼人,如其初捐之数。成福大言于局中,曰:“我对得住桐城,前日一出,西北乡团入城矣。”乡团之入城为亮兵,福以此掩其出走之迹也。

时,成福谋欲接印,而又恐旦夕有警。宫令讷其口,而处危不惊。马命之曰:“宫不能言,但可静镇耳。”即以此请于钦差,宫父台不必交印,而政为父台也。成福喜,既白钦差,则更为大言曰："他人说一两句话便有错，我能终日万言必无一错。他人终日万言无效验，我只须一两句话便有效验。"言毕，复坐起者再，振袖摩顶，双目闪动，复曰："乡团到城走走，他人何能?"则返身曰："前日大宁寺，不是我用了一剂大黄、芒硝，病何能去?"忽顾四总曰："都走，都走！都走了，你为什么不走？到那时候，我给三个人头你瞧。"众不解"三个人头"之所谓，则竖两指曰："我杀两个贼"，即就骈指作刎颈状，曰："我就一刀。"

三日，吕侍郎示意贷金富室充军需，"四总"之家皆在所拟。后闻，惟南沙岗王氏书券钱二万千。

六日，惠工[①]有土匪抢皇本，团董金星灿[②]以乡勇逐匪，夺回皇本，与同事张某亲护皇本入城。星灿父攀桂向管怀宁驿，有富名，星灿以秀才入粟得教官。皖城既陷，攀桂则不名一钱，而人未之谅也。局中遂谓星灿庇匪，而以为匪坐张某，锢之。起勇二百六十人，胡、何等骑马，锁系星灿，索匪于惠工。宫令欲勿锁，成福必欲锁之，曰："今日权借重他。"星灿系颈舆中，面无人色。前驱者马上扬鞭，意自得也。道路侧目，人人自危。

七日，宫令卸桐事，成福不回任，以查炮委员王大经署

---

① 惠工：会宫，今安徽省枞阳县会宫镇。

② 金星灿：金斗生，字星灿，安徽桐城（今安徽省枞阳县会宫镇）人，诸生，捐纳铨授县学教谕。太平军入皖，桐城起团练，金斗生任南乡团董。

之，寅刻接印。宫令持志益坚，危急时从容议事，不言死，人亦莫敢劝之走，故不便之者众。若成福之闻警即行，盖亦难自解免也。王令本无守城之责，徒以怂成福之故，遂代宫令。接印之刻，南门外人自惊，皆闻军声。

是日，有贼贴伪檄于练潭，捕至桐斩之。年始十四，臀有杖伤，曰："贼逼我来！谓'桐杀汝，吾为汝仇'。"

十日，局中钱尽，则贷永惠仓米以代钱。永惠，公积防饥之仓也。时方钱荒谷贱，石米仅值千钱，局中强昂其值，升抵十五钱，犹日拨米三十余石，不能抵日需之半，而永惠仓复将告之官。

养东乡勇，向亦待支于丰官钱店，以钱缺不能支，遂至于哄局缴械。仲榆为总董之首，百计重经费之入；命之为领勇之首，百计轻经费之出。仲榆不能制，弟犹知后必有灾；命之不肯怜兄，反执前无可悔。凡从仲榆党者，就帐房在学斋；凡从命之党者，就军帐在明伦堂。两党不能相为谋，兄弟皆曰"那边"，不同道。

十一日，初，成福自求四品衔。小松既得六品，又故辞之，既又复与命之求五品。命之既得孝廉方正，本六品也，皆以权轻不能制众挟钦差，且自负能独当龙舒一面，妄求钦差劾去张、恒文武两大员，请旨委己以其任，并求令箭得节制通省千总而已。能生杀予夺之如此，则不忧贼不灭也。

既请之后，出则居然将军。小松曰："钦差谓我福相。"居有顷，钦差市黄绫，则相与动色曰：“是参张熙宇、恒兴也。”至是，钦差将行，而事不能谐，则语人曰：“钦差不能铁面，有人为熙宇以情求也。”

小松慕贵成癖，其家人习戏之：尝以香灰书笺，托神言谓：“积善当贵。”笺降自梁上，小松狂喜，夜叩其族某翁门，以笺示之曰：“神许我矣！”又尝拂床，得一“绿袍宰相”，手展“天官赐福”字，即拜之曰：“神示我兆，他日贵为此也。”虔供之香火阁上，朝夕叩祝。盖“宰相土偶”，小儿戏具也。

钦差随勇止六十人，人日钱三百。钦差尝语命之，谓：“桐勇若肯听调，不如我请军饷，俾食饷为我勇之数。”命之喜，集局勇问之，皆不欲。故命之等和桐勇不能因以为功，遂欲觑通省绿营之功，攘为己有，故欲得节制千总。

又得途说：复一省城，可得五等之封。故欲挤去文武两大员，而己得以生杀大权，篡人血战之勋。

桐人既弗善局之所为，又知其必不守，因益不肯复捐，皆曰：“捐作何用？”而小松等忿，奢愿不能副，反切齿曰：“桐无一人！”

小松曾许一漆工九品顶戴，勾使与竹工、陶人四五辈，醵米二十石捐局，乘成福慢［谩］绅虐士之日，操量斛投大宁寺献焉。成福誉不容口，故作轻佻态曰：“谁谓桐无人哉？”即请功牌给漆工九品，余诸匠作皆送扁［匾］额旌其闾。

十二日，雨，钦差大臣吕贤基冒雨北行，局中起勇及近乡团练送之。行无前，期不及远调也。局勇溷局，终夜鼓噪，偃仰于几案户牖之上，逼得乃钱已，亦如其为局溷诸绅之法。

皇本，官养乡勇之所恃也。张熙宇尽提之，充作兵饷。典肆所缴皆钱，而熙宇必需银也，以兵抄典史王景星家。时官所食者，惟典肆陋规，但能日送钱十千文入署，幕宾厮仆皆于是焉给。王令无可奈何，又将裁汰官勇。

十三日，白虹径天。自王令接印至于是日，阴声夜动，如数千人号喊之声。金驰鼓骤，万马摇铃，听之令人心酸魄悸。漏三下，则闻外人登山，夜望见城内外磷火散聚，繁如列星。鼓楼更夫，叠见鬼物出入县廨如赛会。时俗装地方鬼状，长帽白衣，往来踧踖。

十四日，日色惨淡，风震以霾。

辰刻，湖南粮道殉难田家镇，徐公丰玉之丧至自广济。入城治丧，出即殡。

午刻，贼猝犯桐，大吏团长弃兵于南门河，桐城不守[①]。

时，警信稍息，文武大吏以至当局，又复以为指挥如意。侥幸贼不我顾，文恬武熙，鲜知当务。探兵仅侦贼于天林庄，探卒至，贼亦至矣。天林庄，距城二十五里。

---

① 桐城不守：桐城县城失守。咸丰三年（1853）十一月十四日下午，太平天国翼王石达开派春官丞相胡以晃等率军攻占桐城县城。嗣后，留梁立泰、侯裕田领兵驻守，建政安民，桐城城乡大多建立了太平天国地方政权。

十五日，贼屠城，老幼无遗。出城四里，搜杀各五十里，大掠[①]。

海云陷贼，掳章甫及子硕士。裹胁桐人数千，桐遗民皆怨马氏。

二十一日，夜雨，贼袭马氏于唐家湾。

始，城陷，仲榆遇贼于宜民门内之裤子裆，有湖北石工指贼杀之。昔筑城，仲榆专以刻为能，石工困不能归，流落于桐，遂从贼。而仲榆因先获死于城中。及是，贼杀其老父元伯水部，及子妇童仆数十口，火唐家祠。并杀幼伯之兄小眉别驾，斫吴思葛脑，杀其叔父吴二，掳光方伯孙及仲榆子举人康晋，并幼弟二。命之遁，掳其幼子，又杀其襁褓子一。

二十八日，贼犯舒城。孟小老鼠御贼于北峡关，我军败绩，其徒侯少宗单枪击贼死之。

海云北行至白沙岭[②]，脱贼。

二十九日，舒弃其城。知县钮福成胁于贼，吕贤基赴水死，随营在制进士许敬山殉难。

十一月十一日，巡抚江忠源入保庐州。

十三日，贼犯庐州。

---

① 大掠：太平军缴获桐城县城内官绅及官方财物。据《方略》载吕贤基所奏：太平军于桐城县城，得“金银四十余万两，钱帛米谷杂物不计其数”。据龚淦《耕余琐闻》记载：太平军仅在桐城官绅光律原家，即缴获“银四五万两”。

② 白沙岭：位于今安徽省桐城市大关镇境内。

二十八日，章甫及子硕士脱贼至自皖。城陷之日，老屋妇女仓皇出北门。遭贼复走入城者，有海云妻妾[①]；阻贼匿于城外者，有卓甫、章甫之室。而同祖以下，有介之抱其两岁幼女在室，章甫又有襁褓婴儿，得幼仆杨福抱之走出。瞬息内外，骇散两地，各莫卜存亡。而阴祖宗呵护之灵，诡谲不经，艰难万状，陆续出险，皆为虎口余生。

至于是日，遂得生聚于走马岭山中。走马岭，祖茔也。正月之乱，老、新屋同祖以下，皆避居于此。而屋湫隘，且山不甚僻，地属龙眠，素称名胜。自后，新屋卜居，皆别于他处，各择所宜。

集贤弃守之日，章甫以其女附季芳，徙于東家横牌。海云使眉峰以其妹及海云女，迁于走马岭。眉峰，章甫仲子也。

荆棘一城，豺狼在邑，生还偶遂，犹得视斯岭为家园焉！

仆辈死者，有高元之妻、郭大之母。而高元在秦，郭大在粤，相距又皆数千里也。重伤而未死者，为孙三娘。

呜呼！桐城二百余年，未见兵革。明季寇起，桐当贼冲，独能死守不失，故桐之蓄聚图书、彝器、珍奇货宝，甲于江左。今一旦委之兵燹，贼亦叹为金陵之所不及焉。死者不下万人，生者并无卓锥。文献灰尘，斯为丕极。

呜呼！《家园记》知有今日久矣，恸哉！

---

① 海云妻妾：方江之妻黄氏（1818—1877），太学生黄钺之女，育有一子三女，子及幼女殇；妾张氏（1829—1865），无出。

《家园记》，纲事以日之书也。前数册已寄之秦中，后数册陷在破城中者四十五日。贼焚书，而《家园记》独幸存于灰烬之余，后海云一月而后出。其至之日，与章甫同昏夜深山一齐团聚，其中盖有天焉。所记十四日以后，皆茅屋草榻山中，灯下补其大略。

海云有母，习喜说部破岑寂，故书中载笔，不厌繁文，亦千里娱亲意耳。只身脱走，寸草俱无，笔砲[①]亦得之暂凑，俟楮墨稍具，别叙巅末，分为载记于后，寄予母兼慰吾兄昭甫也。

---

① 笔砲：应为“笔砚”之误。

附　　录

转徙余生记

〔桐城〕许奉恩　述

〔定远〕方濬颐　记

〔枞阳〕章宪法　注

序

太平天国运动探究经年，所见史料文字参差。《转徙余生记》是难得一见的生花文字，系方濬颐据许奉恩口述整理，几近许氏翰墨亲手。二人皆为太平天国运动亲历者，文史价值并存，故予整理，附诸于后。

方濬颐（1815—1888），字饮苕，号子箴，又号梦园，安徽定远人。道光二十四年（1844）进士，历官浙江、江西、河南、山东各道御史，两广盐运使兼署广东布政使、四川按察史等。同治八年（1869），官两淮都转盐运使司盐运使。《皖志列传》称方浚颐才思敏捷，极善言吐，长于著述，日见一篇或三五篇不等，曾刊行诗作4000首，著有《二知轩诗文集》《忍斋诗文集》《古香凹词》《朝天录》《蜀程日记》《东瀛唱答诗》

等，一时名冠江南。

方濬颐颇具文人情结，曾开淮南书局，广揽四方贤士，校刊群籍。光绪《江都县续志》载："盐运使方浚颐议设书局，整理旧存盐法志及各种官书残板，刊布江淮间耆旧著述，即延馆中士人至局校理。"方濬颐致仕后，居于扬州。

同治七年（1868）腊月，方濬颐北征太平军途经安庆，许奉恩与其相识。志趣相投，二人成为莫逆之交。

许奉恩（1816—1878），字叔平，号兰苕馆主人，安徽桐城南乡黄华里韦庄（今安徽省枞阳经济开发区内）人。许奉恩自幼聪慧，博览群书，曾以全县第一考中秀才，被视为奇才。其后则科场屡挫，晚年仕途无望，许奉恩发愤著书立说，著有《里乘》《兰苕馆诗抄》《兰苕馆文品论诗合抄》等，大多散佚。其著《里乘》（又名《兰苕馆外史》《留仙外史》），鲁迅《中国小说史略》有评。

许奉恩出身官宦世家，其父许丙椿（1785—1877），字若秋，号农生，晚号敦园，贡生，同治六年（1867）钦赐举人。道咸年间，许丙椿于安庆幕于安徽巡抚蒋文庆等。著有《易萃》《敦园诗文集》《敦园诗谈》等。其祖父许镄（1746—1809），字曙生，号文英，乾隆四十五年（1780）举人，在京时为纪昀赏识，历官湖南安仁、安福、会同等县知县，卒于任；其曾祖许迈（1704—1761），字啸斗，号石村，乾隆十七年（1752）举人，由知县出任扬州府高邮州学正，卒于任；其高祖许德

(1682—1745)，字符高，邑增广生，精于易学，著述甚丰，著有《易解》数十卷，广有门徒。

咸丰三年（1853），太平军占领安庆、枞阳一带，许奉恩前往江苏等地担任清军幕僚，开始了其“九死一生”的人生传奇。详情《转徙余生记》有载，此不赘述。许奉恩在太平天国“安民区（占领区）”，多起经历耐人寻味：藏身民家时，太平军竟未将其搜捕；遭人谋杀时，其“妖头（清军头目）”身份暴露，太平军审理该案却只处死凶手，将许奉恩放回；回乡省亲时，亦被太平军发现，许奉恩依然毫发无损地离开，其亲属也未遭任何报复。凡此种种，均在太平军占领区内发生。

蹭蹬科场无果，投军谋功不遂，许奉恩一生命运多舛。因镇压太平军有功，许奉恩曾三次获得保荐，或保荐之人去世保荐之事搁浅，或保荐公文丢失保荐之事作罢，致其“半生偃蹇”未获寸进。直到同治二年（1863），才因江良臣、刘兆熊二人保举获“五品以知县用”，未获实授，旋因目疾不复仕进。

流离转徙，坎坷纷呈，许奉恩一生境遇抑非功名事业之悲。其元配所生二子皆夭殇，继配无出，晚年娶侧室生三子，长子早夭，次子大莱，又次小莱。许奉恩的人生慰藉，只见于老来得子。但在许奉恩夫妇相继离世后，二子竟又下落不明。

光绪十三年（1887），许奉恩胞侄许方中于《申报》（五千零五十三号，大清光绪十三年四月念一，1887 年 5 月 13 日）刊登寻人启事：

"求全骨肉〇桐城许奉恩，字叔平，有子二人：长名大莱，眉清目秀，惟两耳兜风，现年十五岁；次名小莱，貌雅似兄，现年十三。前于光绪八年在扬州失去，找寻不知所之。叔平素以笔墨见重于名，公卿保至五品以知县用，旋有目疾不仕，著书自娱。诗古文辞各若干卷藏于箧笥，已刊者有《里乘》一书。叔平没于鄂渚，侧室杨氏亦寻卒，诸孤细弱遂至流落。上年其乡人有于上海洋场打狗桥见大莱者，又于戏园外见小莱，想为人诱卖来此。叔平有胞侄名方中，得信来沪寻访不得。敢请大君子饬人代访得实，交其侄领回，以承宗祧。存殁均感，衔结无既矣。此信由钱君庆琳代致陈君竹坪嘱为登报，爰节录之，以副钱陈两君善全骨肉之苦心云。"

大海捞针，竹篮打水，寻人启事杳无回音。民国初年，许奉恩族人竟又意外获悉其子信息。

人生悲喜，莫过敝鼓丧豚，种豆获瓜，许奉恩不朽恰恰因于其不忍目睹的旧世界崩塌。传统理念中，诗为文学大宗，散文次之，戏剧、小说不入流，许奉恩正以一部闲书名世。上海进步书局再版《里乘》时评曰："有清一代，笔记小说夥矣，要以蒲、纪二氏最为擅扬。《聊斋志异》以文词胜，《阅微草堂》以论断胜，皆千古不磨之作。此书（《里乘》）独兼有其长。谈狐说鬼，无殊淄水之洸洋；善劝恶惩，犹是河间之宗旨。纸贵已久，鼎峙何疑？"名垂翰墨而不朽，其实远非许氏所愿。

《转徙余生记》的叙事立场，与太平军绝然对立，较之方江《家园记》仍有过之而无不及。但作者在叙事过程中，如实记载了战争给平民带来的种种苦难，揭露了统治者的腐朽和愚顽无知，暴露出清军将领的无耻与残暴。读者细品，不难甄别。

北京图书馆藏《转徙余生记》作者题作许奉恩；振绮堂丛书本题作“桐城许奉恩叔平述，定远方濬颐子箴记”；依《里乘·说例》所记及此书中内容推之，《转徙余生记》当为方濬颐、许奉恩二人合著。此据光绪二十年振绮堂丛书本整理，原著未分卷，篇目系编者所加。

天下至危至险之境，可惊可愕之事，莫如兵戈盗贼奔走乱离。以弱书生侧身于戎马之地，虎豹之丛，行权用智，观变察微，谈笑从容，不动声色，颠连困苦，一若无事者然。卒之出死入生，化凶为吉，老亲健在，故里重归，名登朝籍，心薄簪组，作题襟之上客，称抱璞之通儒。

吾桐城许叔平，由困而亨，由塞而通，十年之中，天佑善人，历历不爽。读所撰《转徙余生事略》，乃深叹所遭之不偶，而学问行宜，卓然可传于世也。叔平曰："先生既为老颠作《吴门出难记》，奉恩荷先生知遇良厚，亦愿附先生以不朽。"

一、义津盗萌

予因就叔平所自述者，举其大而为之凡，而为之记曰：

咸丰癸丑[①]，粤寇由鄂下蹿，正月十七日皖省[②]失守，巡抚蒋公文庆死之。

先是壬子秋杪[③]，两江总督某公[④]驻师九江，防贼东下，

---

① 咸丰癸丑：咸丰三年，公元1853年。

② 皖省：安徽省会安庆。时皖、皖省、安庆省等皆指安庆。

③ 壬子秋杪：咸丰二年（1852）秋末。

④ 某公：指两江总督陆建瀛。

忽于腊月下旬撤防，遁归抵皖，谓蒋公曰："楚南谍报，贼已垂灭，某旋金陵办理善后。皖省为上游咽喉，君好为之可也。"某公言毕，即匆匆登舟去。

时，家君[①]佐蒋公幕，言于公曰："某公目动言肆，神色张皇，未足深信。据道路传闻，贼势蔓延将及鄂，公宜统师扼之于小孤，必待贼临城下，恐难为计矣！"蒋公深然之。顾为群议所惑，犹豫不决，遂及于难。家君以言不见用，知不可为，于祀灶日[②]挈眷属归隐敩园[③]。

园在吾邑南乡，距枞阳十五里，先曾大父读书之所，家君修葺之。予小子复为建厅事拓池馆，栽花种竹，境地幽绝。家君以先三伯父无嗣，命予小子承祧。元配王氏，殇。续娶方氏景孟，字曜卿；侧室朱氏景桓，字稚君。

曜卿居城[④]中，稚君侍家君自皖归园，余在中度岁。新正归园省视，曜卿曰："贼事甚急，设有不虞，可速遣人来。"既归园，警报日至，因于十四日，命舆夫既仆从共四十余人至邑。天大雪，平地深三尺许，延至二十日杳然，心辄虑之。

---

① 家君：许奉恩之父许丙椿（1785—1877），晚清安徽知名幕僚。许氏世居桐城南乡韦庄（曾属安徽省枞阳县黄龑乡长安村，现属安徽省枞阳经济开发区，《枞阳县志》误作龙桥乡龙桥村），为官宦世家。

② 祀灶日：民间祭祀灶神之日，旧时桐城以农历腊月二十四日为祀灶日。

③ 敩园：位于韦庄西南隅，其东有"奎星阁"，许奉恩之高祖所建，为子弟读书别业。许迈、许镛长期远宦，敩园颓圮，道光十八年（1838）春许丙椿重新修葺。今不存。

④ 城：桐城县城，许氏于此置有别业。

〖正月〗二十一日，漏二下，斗闻剥啄声，稚君笑谓予曰："夫人归矣！"予曰："否否，叩门仅一人，恐非佳兆！"启户，果见一舆夫，踉跄谓予曰："殆矣！"予问："夫人何在？"曰："十六日，甫抵邑，趣夫人出城。十九日就道，雪深没胫，日才行二十里。今日薄暮，始至义津桥。投逆旅，皆不纳，借住张为霖家。张遣某寄语曰：'今夕尚无事，天明即不可问。'"予曰："奈何？"曰："彼处诸亡命，鸠众万余，将以诘旦起事，夫人乌得归？"

吾家距邑城百二十里，义津桥界乎其中，为大村落。为霖者，少习拳勇，任侠，可敌万人。老为善士，年逾七十，犹徒手能入白刃，乡人皆敬而畏之，固与予善。

斯时，村中闻舆夫归，皆来问视，闻舆夫言，同谓予曰："事急矣！吾侪平日荷升斗惠，无可报公，如有命，不辞也。"盖遇凶岁，予必质衣物市谷，按户赒之，故众云然。予谢曰："诸君高义可感，然彼众难与力敌，惟烦某某等三人，偕予一行也可。"舆夫蹙额曰："夫人已难护卫，公去不更受其困耶？"予曰："非尔所知。"

省垣新陷，道路行人昼夜不绝，酒垆茶肆夜户弗闭。三人者，工口辩，予令饱餐，各予钱二百，分三起行，教以有酒垆茶肆便坐饮，就问贼消息者，佯谓之曰："今日薄暮，枞阳有向军门[①]告示，云贼系军门击窜者，现统大兵尾追即至，尔百

① 向军门：向荣。

姓各安堵无恐。如敢从贼，大兵一到，拿戮不贷!”三人即去，予乘肩舆后行。途中人络绎，争问消息，予以教三人者语之。佥曰：“顷有人所言与先生同，当不诬。”

比至义津，东方将白，群不逞持械执梃，蜂屯蚁聚。张叟迟予，见予至，欣然曰：“先生来甚善，可与夫人同归矣。”予正色大呼曰：“叟以鄙人为内子来耶？鄙人奉老父命，恐顽民藐法妄为，向军门大兵到，玉石俱焚，特来劝谕，以敦乡宜。”

因举教乡人言告之，叟抚掌称快。请予至东岳庙[①]公局，庙故有剧台，乃于台上设皋比[②]，延予入坐。予复申前说，侃侃而谈，且指陈利害，铺张其词。当是时，观者如堵，皆俯首下气，纷纷若鸟兽散。张叟大悦，予与曜卿偕归。此行也，不惟曜卿生还，即质库富家，皆赖予一言，得以无恐。三日后，各乡举办团练，幸而未及于乱，乡之人至今犹道之。

是年十月，恸遭本生先妣史太恭人大故。越明年甲寅冬，免丧，会江苏方伯倪公良耀[③]代办巡抚，以军事孔棘，寓书相招。予固在幕府，以乡试暂归，寇至不能再往。贼既陷皖，顺流而下，窃踞金陵，孤守一隅，并无余股，可谓穷寇。其时倘大集援兵，环而攻之，不难揃灭。否则上游东西梁山诸险隘，屯重兵遏其归

① 东岳庙：位于今安徽省枞阳县义津镇义津街道，已不存。

② 皋比：虎皮，此指虎皮座椅。

③ 倪公良耀：倪良耀（1792—1854），字孟炎，号濂舫，安徽望江人，曾任江苏按察使、布政使，代理江苏巡抚，著有《香修仙馆诗抄》等。

路，亦为善策。乃当道计不及此，长江两岸漫不设防，贼复分股回窜，以皖为巢，从此上下往来，势成犄角，而东南遂不可问矣！

二、高淳幕军

予奉倪公书，请命于家君，谕之曰："倪公平日待汝厚，时方多事，磨盾草檄，亦堪报国，汝遄往。我老尚健，汝诸兄弟在左右，汝行矣，勿系念妻孥，以我借口也。"承命僦装，稚君脱缠臂，金纳予袖，予却之。其实囊中只朱提[①]五两，易钱十千，命二仆从。

由枞阳登舟，至上三山[②]，舍舟而陆，仅余钱三千有奇。乘小车，越三日，始抵高淳[③]，宿田家。明发[④]入城，投逆旅。

---

① 朱提：白银。

② 三山：位于长江南岸，今安徽省芜湖市西南。

③ 高淳：时为太平天国首都天京（今南京）西南藩篱，战略要地，其境东坝系"七省通衢"，南接建平（郎溪）、北近溧水，是天京通往皖南、浙西的重要通道；东邻溧阳，水路东通苏常，西通当涂，达芜湖，东坝为太平军与清军争夺的要冲之一。1853 年 11 月 23 日，太平军由芜湖过高淳拟攻常州，为清军向荣部所败，退回芜湖。1854 年 8 月 17 日，太平天国冬官正丞相罗大纲率水师攻东坝，清守军副将福赓战败死，太平军占领东坝。1854 年 8 月 19 日，清军反攻，太平军退驻高淳县城。1856 年 7 月 23 日，太平军经安徽太平府攻占高淳县城，太平军由溧水入境克东坝，击退清军。1856 年 9 月 18 日，清军傅振邦攻东坝，太平军退出，清军遂又占高淳县城。1857 年 10 月，太平军由安徽入境攻高淳，作战失利，退走芜湖。1858 年 12 月 15 日，太平天国侍王李世贤率部攻东坝，洋人战船助清军，太平军不克。1860 年 4 月 11 日，太平天国忠王李秀成等部攻克东坝，攻克高淳县城。1861 年 9 月，太平军由宣城入境，激战高淳地方团练。1863 年 10 月，湘军彭玉麟等部攻克高淳县。太平军与清军在高淳境内的拉锯战，长达 11 年之久，许奉恩于此期间幕军于高淳。

④ 明发：黎明，平明。

仆告囊空，命往寻质库。仆曰："县甫收复，那有质库？"

正踌躕间，欻见一美少年从外来，裘服翩翩，容止甚都，手笼铜火炉，指点仆从料简行李。是昨夜在此宿者。忽问予邦族[①]，予告之。遽问曰："贵族叔平先生，相识否？"予笑曰："即某也。"其人伏地拜曰："先生父执，意外邂逅，幸甚！"予叩其姓名，曰："起恒汪氏，籍旌德，舅氏朱美堂与先生交，非父执而何？"予始恍然。

诘其何往，曰："某有质库在溧阳，岁末往会计，昨宿此，顷已觅舟渡湖。"高淳至东坝，有湖宽三十里，非舟不行，因请予同舟。予笑谓之曰："顷命仆易钱未得，不能从子行。"

汪即命仆，以钱二缗付予仆。既登舟，暮达东坝，宿魏氏旅馆，曩恒主其家。与汪夜话，汪曰："曩闻先生在秦淮，与舅氏三修花史，幸先生略道之。"予于癸卯、甲辰、丙午秋试[②]，三修花史，实与南陵牧友山及朱美堂偕，秉笔品定甲乙，选舞征歌，豪情韵事，到此不堪回首，因为略言其概。汪不禁神往，招歌者侑觞，予止之不可。

诘朝登舟，五日始抵溧阳。汪邀住质库，予欲赴吴门，而

---

① 邦族：籍贯与姓氏。

② 秋试：乡试。许奉恩乡试皆落榜。癸卯、甲辰、丙午，即道光二十三年(1843)、道光二十四年(1844)、道光二十六年(1846)。

不名一钱，忽闻吾师张子畏[①]观察在此管厘局[②]，亟往谒。相见悲喜交集，命移居局中，坚留度岁，为代作书记。嗣闻人言，倪公病革，尼予不必至苏。予以倪公为生平知己，不忍负之，献岁二日，即辞师南下。师知予不可留，赆番银六十饼，分其半归汪，汪力却之。

乙卯正月初旬，至吴门，倪公已于客腊薨，予哭诸寝门。长君小舫别驾延予为公撰行状，十日脱稿。

沪上小刀会[③]甫平，故人田岫生太守统靖字营勇，以函相招。比至沪上，适总戎和顺公奉调高淳防堵，田太守副之，同聘予司文案。和〖顺〗为将军和春[④]公族弟，满洲茂才，好为诗，太守亦耽翰墨，既至高淳，朝夕聚处甚相得。

尝同出巡哨，总戎策马在前，太守次之，予不善骑，尾其后。陟一危岸，下临深溪，总戎控辔以登，太守继进，久之，

---

① 张子畏：张寅（1796—?），字子畏，安徽桐城人。许奉恩师从张寅，深为张寅赏识。张氏曾欲以女妻之，为许氏婉拒。

② 厘局：管理征收厘金的机关，下设固定的分卡与流动的巡卡，负责征收或查验。

③ 小刀会：乾隆年间创立于福建，系民间秘密组织，天地会支派，咸丰元年（1851）传至上海。咸丰三年（1853），受太平天国运动影响，小刀会以“反清复明”为口号，在上海嘉定起事，初用国号“大明国”，后改归太平天国。咸丰五年正月初一（1855年2月17日），小刀会被扑灭，余部逃往镇江加入太平天国。

④ 和春（？—1860），赫舍里氏，字雨亭，满洲正黄旗人。咸丰元年（1851）随广西提督向荣镇压太平军，擢总兵。与太平军战于至长沙、岳州、天京、庐州等地。咸丰八年授江宁将军，重建江南大营。咸丰十年，江南大营被太平军击溃，和春逃至浒墅关（今苏州境内），自杀身亡。

乃上。

积雨初霁，沙土松浮，两马蹴踏，已有坼裂痕，及予马后上，岸暴崩。予在鞍上，两腋似有人扶，纵马首跃踣于地，回视马，颠坠于溪，筋断骨折，予竟得免。

予与太守同居城内孔氏宅，各迎眷属，家君遣人送稚君来。会郑萼楼观察奉檄剿贼芜湖，商于总戎，欲邀予往，予再三却之。观察乃延毗陵[①]孔明经，偕其介弟行，以亲军百余人卫之。

舟次[②]"三不管"，为高淳、当涂、芜湖三邑交界之区，民风强悍。孔明经命走卒市肉不得，见农家有鸡，以钱市之，不可，走卒遽以刀斫鸡首。农家鸣金，立集数千人，哄至舟次，声言："大兵讨贼，不应强买民物。"明经与之抵牾，众益怒，遽将同舟百余人裸而缚之，坎穴生瘗，火其舟，仅一二善泅水者，凫水逸出报。观察以会剿期迫，不暇按治，计俟贼灭后再图之。观察寻殁，其事遂寝；予不偕往，未与斯难。

三、荒村惊魂

值向忠武督师围金陵，致书总戎，商攻守之策。总戎浼予属稿，大略谓："剿灭巨寇，譬如伐木，必先剪除旁枝，但存孤干，一锯便断；如不先去旁枝，纵锯倒中干，旁枝横压，犹

① 毗陵：今常州。

② 舟次：码头。

能伤人；若果尽去旁枝，止存一干，多集重兵会攻，犹之鼠在穴中，群猧环伺，其尚能生乎？愚以为先将安庆、庐州、芜湖等分踞之党剿灭，再攻金陵，则摧枯拉朽矣！”

书上，忠武颇然其言。总戎问防堵何先？予曰：“安民为先。”问民何以安？予谓：“申明号令，约束士卒，与民平买平卖；如有擅取民间寸草尺木者，杀无赦；复榜示通衢，如有无知兵勇妄肆淫掳，准赴诉，立惩之。”

总戎如言部署，有卒乞农束刍饲马，总戎命弃市，农为乞免，仍鞭三百，插耳箭行市以儆众，民大悦。总戎为人温文尔雅，有轻裘缓带之风，惜乎胆识未充，邻于巽懦。

丙辰[1]三月，谍报贼至南塘。时漏初下，总戎召予议，欲拔营。予亟止之曰：“此讹言也，顷吾桐有估客为寄家书，予询一路情形，谓贼踪尚远，公慎勿妄动。”少选，高淳令杨八愚[2]明府亦至，所言与予同，总戎首肯。

予与明府去后，或谓总戎曰：“许、杨言不可信，各有眷属倚公为护身符，贼头队实至南塘，后有众数万，诘朝必到，公才五千人，能与抗耶？不如退驻东坝。”总戎从之，太守亦遁。

高淳有蒲塘、南塘二河，蒲塘距城八十里，南塘距城二十

① 丙辰：咸丰六年，公元1856年。

② 杨八愚：杨承忠，字八愚，湖南长沙人。监生，曾官江苏高淳、山阳县令等。

里，贼道过蒲塘，谍误报为南塘，致有此变。

昧爽，杨使人告予拔营事，予犹未信，探之果然。急至县署，杨谓：“防兵已去，只此空城，贼必来无疑。我有官守，无可如何，君宜择地而避。”

邑有钱肆石某，甚诚朴，往商之。石谓将避居石臼湖西，可偕往。未几，吾桐市盐者先后毕至，佥谓：“平日蒙庇荫，今适有急，可将眷属寄舟中，必无害。”盖自江路梗塞，豫章吾皖皆由东坝贩浙淮之盐，吾桐来市者不下千人。

舟至高淳，兵弁以盘诘奸宄为名，见有贼所给门牌并关票，即指为贼，必贿以重资乃已，不则缚献营中即置之法。予至高淳，知其私弊，白诸总戎，言市盐者愿抽厘资饷[①]。总戎谋之高淳令，具牍请于大府，抽盐厘以输兵饷，不支官款。大府许之，从此盐船往来无阻。然每见伪牌伪票与不剃发者，犹藉端诈索，缚至营。予谓总戎：“既已抽厘输饷，若曹往来贼中，非牌票并稍蓄发不行，公须怜而恕之。”总戎首肯，而兵

① 抽厘资饷：征收厘金筹措军饷。抽厘即征收厘金，货物转运中抽之于行商，或在产销地征收交易税。咸丰三年（1853），为筹措镇压太平军所需军饷，于扬州设局抽厘。至同治元年（1862），遍及除云南（同治十三年设）、黑龙江（光绪十一年设）外的各省。厘金由地方督抚自行掌握，名目与标准不一，初由军营粮台、军需局、筹饷局等机构经理其事，后普遍设立专局总理厘务。各省总局名称亦不一，有捐厘局、厘捐局、厘金盐茶局、厘金局、税厘局、厘税局、筹饷局等，安徽等省称牙厘局。各省所设厘金局卡，最多时高达3000余处，年收厘金多在千余万两，比清朝政府原岁入额数高出三至四倍。湘军、淮军饷源主要来自厘金，太平军亦设卡收取厘金。

弁人等殊不怿。

他日有在舟中搜出人胆者，谓："人胆非牌票可比，显是贼目。"总戎又以问予，予曰："承平时人胆难得，当时乱离，杀人如草，人胆并不难得。故有目疾者，尝以治目，那得便指为贼。"总戎笑曰："君言固然，然未免太执。我闻军营有将星高照，即误杀数人，亦无冥报。"予正色曰："公素仁爱，胡出此言！当此浩劫，百姓受贼荼毒，不知凡几。倘为大帅者，漫不矜恤，黎民尚有孑遗乎？"总戎笑谢曰："君言是也。"

自后，兵弁乃不敢与市盐者为难。市盐者莫不德予，见予有急，同来问讯，请予登舟，予谓已与石某约避湖西。

湖在城西，亦宽三十余里，日甫登舟，漏初下[①]达岸。翌晨，石为僦屋以居。彼处人心犷而黠，予居此三日，与市侩伍，姑安之。越日，哄传；贼知兵遁，窜踞邑城，不日即下乡安民，并出示搜妖，藏匿者坐，献出者赏。

日夕，石某奔入，耳语曰："众密议，贼至乡，即缚君夫妇进贡，盍早为计？"予皇然曰："不知所从，君其救我！"石某复耳语曰："早虑及此，买一舟，二更后偕往直街，可也。"问："直街何在？"曰："在湖东北，向以距城十余里，嫌太近，今姑到彼，再作计。"

登舟，幸无知者，黎明抵岸。村人以予夜遁，遍搜被难之

① 漏初下：刚刚入夜。

船。不得，悵悵而返。吁，亦危矣哉！

四、庵堂捡命

即至湖东，石又为赁任氏屋。主人夫妇皆六十四岁，子务农，甚谨愿。有夏秀才者，衣冠过访，言向闻予在营为总戎所立规条，大得民心，设有不测，必为护持。

未匝月，杨明府速予，谓贼退，招往筹议。予亟入城，互相慰藉。明府谓：“贼虽退，如空城何保？”予曰：“当请于大府，调兵来防。”乃接稚君入城，免牵顾。

未兼旬，警报又至，不炊许时，隐隐有炮声，相距不过十里。予仓卒别明府，携稚君登舟，仍抵直街。

明府之阍人，带一莽男子，一妇人，跽予船头求救。言男子楚产，姓张，是其瓜葛，求携至直街，为赁一廛。予哀之，命附舟尾。

至直街，属任翁为僦邻舍一椽居之。偶询男子：“何生计？”谓：“曾充勇目，今欲改而行贾。”予为首肯。惟观其气象猛鸷，似非良善，计善遇之，当可以德化，每遇其不给，恒资以薪水。

一日黎明，张突袖刀潜至予室，适为邻舍某甲窥见，心甚疑之，蹑迹后随。张则以刀拨予寝门，甲大惊狂呼，村人咸集，同呼予起，将张缚至公局问之。始不肯言，众怒，痛鞭之，乃言：“因困乏不能自存，计杀许某夫妇，劫其物。彼异乡人，无报仇者。”众怒叱曰：“汝非许翁，谁肯相容？且待汝不薄，不恩之而反仇之，尚有天良耶？”张谓亦知事不当为，实以计无所出，不得不尔。

众请于予，曰：“此人天良丧尽，留之为一方害，先生何以处之？”予谢曰：“某贸贸然挈彼而来，几罹不测，应如何处分，悉听诸公主之。”佥谓：“如此无良，不如杀却了事。”中有黠者曰：“不可！此地伪官，早已出示安民，如闻我村擅杀人，未免生疑。不如将张送至伪官，听其究治。”佥曰：“善。”

村距伪官之局四十里，诘旦，伪乡官军帅、旅帅[①]人等缚张送伪官，并邀予同往。稚君恐予受累，再三哀求于众，免予行，众不许。予慰稚君曰：“汝无多言，死生有命，天若鉴予衷，必蒙受神佑，汝姑听之。”盖村众袒予者固多，而利予之死以分财物者，亦未免有人。予明知其意，而无法可辞。

时六月中旬，火云炽空，赤日烁地，徒步同行三十里，至大士庵，为乡官聚议公所，距伪官之局十里。众将张絷诸檐梧，庵有乡官数人出问，众告之。一人曰：“许翁殆矣！张非

① 军帅、旅帅：太平天国政权乡官。太平天国兵制，以一百人为一卒，设卒长。又以军事编制推及地方，以一百家为一卒，亦设卒长。《天朝田亩制度》记载：“凡设军，每一万三千一百五十六家先设一军帅，次设军帅所统五师帅，次设师帅所统五旅帅，共二十五旅帅”“每二千六百三十一家设师帅一人”。“各家有事讼，两造赴两司马，两司马听其曲直……不息，则卒长尚其事于旅帅”。《周礼》记载：“五人为伍，五伍为两，四两为卒，五卒为旅，五旅为师，五师为军”。太平天国以此编组军队与地方。

善类，即不应挈之同来。伪官二人，一秦一谢，性刚暴，凡赴诉者，两造并杖，股肉多脱。”予闻言悚栗。

忽闻铃声，报协理至。协理者，贼中司案牍者也。乡官往迎，则两人并骑而来。至庵下马，见张问故，乡官等备告所以。两人怒曰：“天下那［哪］有此无良之人!”立命设公座，牵张跪案前。张强辩，并言许某固是妖头，贼呼官曰“妖”云。两人叱曰：“纵是妖头，汝亦不应擅杀。此处久经安民，焉能容此匪类!”杖三百，血溅肉飞。

杖讫，枭示，命将张妻另为择配，始终未与予交一言，真为幸事，自是不无戒心。

翌晨，招市盐诸人与议，佥谓：“陆居不如水居，同邑船甚多，先生择之。”予乃将稚君寄居汪某船。汪为人诚谨，待予礼甚周而和。总戎退驻溧阳，专使赍书趣予往。予不欲去，稚君曰：“总戎向刮目相待，今事急相招，不可不往。”乡人亦怂恿之，要以速去速归。予重违众意，丁宁稚君。

明发戒涂[1]，闻杨明府避居定埠村氓家[2]，迂道造访。杨闻予至，大喜。夜分与谈总戎拔营事，怒不可遏。予曰：“既

① 戒涂：戒途，指出发，准备上路，戒备于途。

② 氓家：民家。

往不咎，今宜速请兵，克复城池。”杨曰：“何处请兵？”予曰：“邓军门[①]绍良守宁国，与君同里，往作包胥哭，必有济。”杨如梦初觉，戒勿泄。

予至溧阳，总戎色颇忸怩。逾时，田太守亦至，备问高淳情形。予曰：“确探贼不过二三千人，速回攻，城可立下。”总戎以问太守，曰：“容侦探确实，再定行止。”

予于七月中旬至溧阳，八月初旬欲旋高淳。总戎坚留过中秋，以无故拔营，惧获谴，属为具牍陈和将军求为之地。会忠武薨，以将军代之，总戎幸无事。

初，忠武督大兵，驻孝陵卫，围攻金陵，贼势穷蹙，城已将拔。天大旱，赤地千里，贼绝我汲道，营旁井水枯。只一井，每旦可汲水斗许，余皆涸坼。军士不能举火，嚼生米充饥，渴则饮马溺。贼在城头，故担水以示我军，大呼曰：“好水，好水！”且招之以手曰：“兄弟辈速来畅饮，何必忍渴受饥？”我军见而垂涎，众心摇动。

---

① 邓军门：邓绍良（1801—1858），字臣若，湖南乾州人。道光三十年（1850），邓绍良因镇压李沅发起义有功，由兵勇擢为都司。咸丰元年（1851）起，邓绍良从向荣与太平军作战，升为安徽寿春镇总兵、江南提督等。邓绍良与太平军长期战于安徽、江苏一带，咸丰八年（1858），被太平军击毙于湾沚（今安徽芜湖境内），寻遗骸不得，谥忠武。

总统张忠武[1]公深以为忧，急请于向公曰："事急矣！如此奇旱，诚恐生变，不如迅退丹阳，再图后举。"向公病已绵惙，叹曰："围贼数年，城已将拔，一旦退去，前功尽弃，殊为可惜！某身受重恩，频年老师糜饷，愧无寸效，复何颜忍息偷生？今天降蕴隆，是速吾死也。行矣，汝好为之，勿以我为念！"张公跪泣曰："国梁感君知遇，得有今日，公如不欲生，愿先死之！"遽拔剑自刎，向公急揽其袂，止之曰："勿尔勿尔，容再与议！"张公知向公已回心，急传令拔队起行，军士闻之，欢喜就道。

向公以病革，不能乘舆，张公令壮者背负，亲为扶持。行里许，在民间市竹榻，俾向公安卧，舁以行。张公殿其后，贼乃不敢穷追。既至丹阳，向公病加剧，寻薨。乃以和春公代之，而张公仍为总统。后张公以掣肘，兵溃，殉节丹阳，东南半壁，皆遭沦陷。谁坏长城，失所保障，能无浩叹耶？

五、无为遇恩

时稚君寄舟中，泊唐沟，距高淳二十里。一日，与邻舟妇

---

① 张忠武：张国梁（1823—1860），字殿臣，广东梅州人。盗匪出身，道光二十九年（1849）被清军招抚。咸丰元年（1851）起，张国梁随提督向荣尾追太平军入江苏，以作战勇猛受向荣倚重，咸丰五年（1855）升总兵。向荣死，和春为江南大营钦差大臣，张国梁帮办军务。咸丰八年（1858）初，协助和春重建江南大营。咸丰十年（1860），太平军攻打江南大营，张国梁率部往援，被太平军击溃，5月19日张国梁率溃兵撤退时落水毙命，忠王李秀成将其礼葬。

闲话，适为两贼所窥，遽登舟，命汪某解维，谓奉伪天王诏赴金陵。汪曰：“舟载有姊妹，例不当差，请另觅他舟。”两贼齐叱曰：“奉有急诏，虽载姊妹，安能免。”一贼径至梢后，一贼登岸解缆以行。稚君乘其不备，携小婢秋桂，蹑足潜赴邻船，而两贼弗觉也。前后缆解，一贼把柁，一贼刺篙，放舟径去。稚君瞯贼去远，急招吾乡盐客谓曰：“我夫子去时，以妾托诸君。今贼放舟而去，借口当差，意实为妾，索妾不得必回索，诸君幸速为计！”众等急召石某与议，命舆送稚君往乡村暂避。

两贼行十余里，泊舟入内，觅稚君不得，叱问汪某曰：“顷舟中妖婆与一妖崽，何往？”汪言：“身坐船头，实不知。或者畏往金陵，赴水死？”两贼放舟回，遍搜邻舟，声言：“敢匿者杀无赦！”盐客中有胆大者，与辩曰：“舟中姊妹，并非妖婆。其夫往东坝市盐，不日即至，不见其妻，必赴局控诉。此地早经安民，无故殃害姊妹，恐亦无所逃罪。”二贼语塞而去。稚君幸免于难，速予归。

杨明府已由儳道赴宁国，乞师于邓军门，立拨麾下壮卒三千至。贼素畏邓声威，闻风而逃。予闻捷音，急辞总戎返高淳，与稚君相见。诉前事，劝予速作归计。越日至邑，见杨明府，明府留予襄办戎幕。予谓：“俟送眷属还乡，再来践约。”明府知予不可留，饯尽殷拳，坚订后期。

十月初，由唐沟解维，以芜湖道梗，由太平金柱关入裕溪口，至三汊河。时郭子徽军门驻此，相见欢如旧识，要予送眷属归，来为办理文案，馈以兼金[①]，云："遣材官护送出江。越日，舟次江浒，至土桥仅二十里，官兵屯戍，当可无患，再令材官归。"

比自江浒开船，同行市盐者四十余船，相约护卫予舟。顾四十余船前行，予舟较大，独搁浅不进，延至晡，甫能运转。遽来贼船二，翼予舟，两贼登舟盘诘，予以贸易对。贼怒叱："船有旗帜，显是妖头，何得诳语！"予再三与辩，贼干笑曰："姑不予辩，俟到荻港公局再议。"径持予舟顺流而趋，幸风逆，予与稚君相对唏嘘，无策可施。

既而日昳[②]，益焦灼，稚君泣谓予曰："贼晚间必害君留妾，与其遭辱，不如先君而死。"言讫便欲投水。予曰："汝言良是，然予返［反］躬自问，不应罹此惨祸，汝且少缓，俟至万无可如何时，再死未迟。"

亡何，夕阳西下，贼下碇晚餐，稚君叹谓予曰："贼饭毕，必加横逆，奈何？"计连年所积朱提千余，属予掷诸江，免资寇粮。予亦以为然，遂就床头携囊，摈付波臣，坐以待死。当此日暮穷途，以为决无再生之理矣。

乃闻角声乌乌，循堤而来，予急出，窥见前一少年，骑赤马，年可三十许，率众二百余，手戈矛，气象严整。少年呼

---

① 兼金：古代金银铜等贵金属通言金，兼金指较多的金银钱帛，此指质地好的金子。

② 日昳：太阳偏西。

问："何船？"贼答曰："捕得妖头。"

予闻少年系无为州土音，至船头招之。少年下马登舟，问予居址，予具告之。又问："何以泊此？"予以目示之曰："君无多言，请速拯我！"又问："妇女何人？"予谓："是眷属。"少年会意，乃大声呼贼告曰："此人固我姻娅，携孥在外服贾，久不得其消息。今幸遇之，当延至我家信宿，勿误认为妖头也。"贼哓哓与争，少年笑曰："我言不谬。"

予与稚君各乘马，先至其家，行李箱笥，尽取以行。不二里许，茅屋数椽，轩敞幽静。少选，少年至，予问姓名，为张氏务本，好任侠，家小康，每旦率练丁至江洲，巡察奸宄，捍卫闾里，一方恃以无恐。张又诘予："缘何至此？"予觇[1]缕以告。张问："舟中贼知先生为何如人乎？"予曰："不知。"张笑曰："若辈皆无业游民，冒充贼目，沿江为害。今见先生舟有旗帜，意是营官，白日不敢加害，若是真贼，岂尚有忌惮耶？然先生幸免于难，尚须预防以杜后患。"予问："何如？"曰："若曹以此为生，正恐夜分人静，来此泄忿，草庐易火，不可不防。"予曰："奈何？"张曰："诘朝若曹倘来相索，予先喻之以威，继折之以理，终当化之以德，必予数十金，稍压其欲，俾免空回，则可高枕无忧矣。"予深服其言。

幸郭军门兼金之赆尚存，遂以半付张，听其部署。是夕，

① 觇：zhěn，同"诊"，察看。

张为具晚膳。予请见其父母，年六十余，善气迎人，其妻布裙荆钗，款稚君亦和婉中礼。子二，一七岁，一周晬[①]，头角崭然。

后，予己巳[②]至扬州，迂道相访。张已下世，二老皆亡，家遭乱中落，其妻守节抚孤。长子务农，少子年十二，从师读书颇慧。二子闻予至，同来拜见。予回忆乃父旧德，执少子手，摩其顶，泣数行下。客囊不丰，薄有所赠，助其读书，以光先人。惟予马齿就衰，报恩何日，感念宿草，能勿呼负负耶！

六、枞阳出奔

初，予在张家住匝月，岁暮甫得旋里。老父康强，予怀稍慰。每屈指所遭险境，心焉凛凛，不敢再作汗漫之游。

明年丁巳[③]，键户跧伏，与群季结社为诗，呈老亲评定甲乙。阄韵角胜，颇得天伦之乐，不图变生不测。

一日，方拈题分韵，老媪仓皇持朱牌曰："奈何奈何？"予见朱牌上书："指挥某，为访闻妖头许某，新从高淳军营归家，显系串通妖兵，潜谋克复。着该乡官等，速将许某拿交本衙门究办。如徇私宽纵，一体坐辜，不贷。"

---

① 晬：婴儿周岁。

② 己巳：己巳年，同治八年，公元 1869 年。

③ 丁巳：丁巳年，咸丰七年，公元 1857 年。

缘予在高淳时，每商贾船归，传言予赀巨万。伪乡官陈某，本市井驵侩[①]，见予归，勾结伪指挥出此朱牌。群季曰："事已如此，非薄贿乡官不可。"往求，陈某曰："必钱百缗，乃可。"典衣并鬻秋桂，如数予之，乃免。而群乡官见陈某得利，皆眈眈欲效。欲壑难填，计非再出，不能全身远害。于是挥泪辞老亲，星夜俶装，重至高淳。

时，三军门：德安、秦定三、鲁占鳌，各统兵五千，先后至高淳防堵，军声大振。杨明府广为游扬，诸营皆延予襄办公牍。杨尝出《单骑拒敌图》索题。以贼前犯邑，空城无兵。杨貌固魁梧，仓卒间判为孤注之掷，策马，从二仆，立城外桥上御之。贼于数里外，以千里镜遥窥，见一伟丈夫驻马桥上，左右二人，一吹角，一执旗，莫测虚实，潜师而遁。作图征诗，予题一律，有句云："未必先时筹利钝，竟教俄顷判安危。"杨曰："先生真知我心！"予仍居旧孔氏屋。

一日早起，忽见吾桐舟人文某，伏地乞援，予惊问。曰："有二女子杀贼酋伪承天王刘某，以报夫仇，乘某与魏姓船逃至此。军士以舟从贼中来，载有妇人，皆欲相犯。小人诈言是公姻眷，暂免。然必仗公维持，乃可无虑。"予闻二女能杀贼报夫仇，壮之。即命持号旗二，植于两船上，果不敢觊觎。

予往告杨明府，亦瞿然曰："此奇女子也！可招之询颠

① 驵侩：古指马匹交易的经纪人。泛指经纪人。

末。”二女子至，问之，则华氏年十九，班氏年十七，皆皖产。华随夫居汉口，设布肆。粤寇破武昌，伪承天王刘某率众掠汉口，夫妇相向泣。刘突至，杀其夫，华方乳周岁子，刘夺掷地，虏华为“贞人”。贞人者，贼中命妇极品之称也。

华于无人时，潜招夫魂，泣而祝曰：“贼杀君斩嗣，妾忍死曲从，誓为君报仇。君如有灵，默来相助。”华常怏怏触迕贼，贼以爱怜，故弗与较。

班亦良家子，嫁甫半载。刘至，亦杀其一家，虏班为侧室，宠媚之。意华必妒，华待班厚，藉以自洁。班初识字，华尝倩其诵稗官小说，至《铁冠图传奇》[1]，华曰：“费宫人，何愚也！设当日能如妹顺从，其宠爱岂在妹下耶？”班太息曰：“姊不知妹，妹不得已耳。”华笑曰：“妹既不〔人〕得已，何不效费之所为？”班摇手曰：“不能，妹胆怯，有能者，亦不惜为助。”华曰：“妹言真耶？”班泣下，华亦以己意告之，誓天，相约图刘。

会刘奉伪天王召至金陵，华谓班曰：“有隙可乘矣！”刘有娈童四，不离左右，登舟时，率键卒数人。华说刘曰：“此去顺流而下，道途不远，四童尽可给役，奚以健卒为？”刘从之。

---

① 《铁冠图传奇》：清代传奇作品，内有《贞娥刺虎》故事，叙明崇祯帝长公主长平公主的侍女费贞娥，北京城破后假扮公主，委身于李自成的部将“一只虎”，趁“一只虎”酒醉将其杀死。主仇已报，费贞娥痛斥甘心伺候闯王及其部下的宫女，尔后自刎。

刘酷嗜酒，泊舟必携童入肆饮，醉归怒詈，舟人少拂之，即挥以老拳，舟人咸怨之。文某亦粗晓拳勇，然非刘敌。一日，刘怒，掌其面，折二齿。泊岸，刘又携童往酒家。

文赴诉于华与班，华慰之，复笑谓曰：“彼亦男子，汝亦男子，何畏彼若是？况汝二舟，人甚众，彼纵能武，寡奚敌众？”文以华为解嘲语，急曰：“小人焉敢？”华正色曰：“彼贼，焉能为王？我姊妹全家皆死于贼，恨不能报仇。汝亦皖人，能为我报仇，财物尽归汝。但将我姊妹送往有官兵处，戴德不尽矣！”文与魏约，乘间图之。

舟泊东梁山，刘又登岸饮。二女子与舟人议曰：“今夕不可再迟！”相约醉刘，拊掌为号。刘归，女迎曰：“市鲜鱼，沽旨酒，赏此良宵。”盖是夕为月当头也。刘喜，恣意饮嚼。二女见刘醉，裸而纳诸衾，以其余飨四童，令睡。拊掌，舟人毕集，掷刘兵于江，缚以牵绳，取厨刀斫项。钝不殊，刘惊寤，奋力撑拒，绳格格欲断，众同压之，以刀乱斫，刘力愈猛。文急探手捉其阴，举刀力割，腹暴裂，肠出，绕腕三匝，舁投于江。刘善泅，脱绳踏波，扳舷欲上，一人捉铁猫击之，脑碎，遂沉。

二女各市牲醴祭其夫。闻高淳多官兵，遂来。予与杨明府肃然起敬。于是，诸营官毕至，佥谓二女可称侠女。送居尼庵，醵金以资用，俟道路稍通，送归母家。舟中衣物，分犒舟人，四童无归，留为厮仆。

七、杭州城破

明年戊午[①]，予欲应京兆试。适故人何耕麓官镇海令，遂辞杨明府，南游吴越。未几，高淳复陷于贼，诸营官风流云散，杨明府寻归道山，二女消息，竟不可得而知矣。

予于仲夏抵镇海，住两旬，辞司马北上。六月杪，舟次京口，狡仆胠箧而遁，资斧断绝。返吴门主蔡泽存参军家，抑郁无聊。是冬，海鹿门[②]别驾摄篆巴城，命舟访之，留予度岁。

己未[③]，孙莲塘[④]少宰视学江苏，延予襄校试卷。恭逢显皇帝万寿恩科，江南借浙闱举行乡试。少宰代办监临，予获预试，主故人同邑叶季华[⑤]司马公寓。

报罢后，已届残冬，裘敝金尽，意殊落莫［寞］。濒行，司马谓予曰："以君之才，何适不可？从事毛锥[⑥]，究非长策。择木而栖，高飞远举；宁为功狗，不作儒枭。君其图之。"

到吴门，为少宰校阅诸郡邑优行试卷毕，岁聿云暮，寂寥

---

① 戊午：戊午年，咸丰八年，公元1858年。

② 海鹿门：海保，字鹿门。许奉恩《里乘》载有《记海鹿门别驾少时事》。

③ 己未：己未年，咸丰九年，公元1859年。

④ 孙莲塘：孙葆元（1801—1886），字莲塘，号复之，直隶盐山（今河北海兴）人。道光九年（1829）进士，咸丰帝师，摄官兵部尚书，多次主持乡试、会试，屡充殿试、朝考阅卷大臣。

⑤ 叶季华：叶瓖，字季华，安徽桐城人。道光二十六年（1846）举人，历官新城、石门知县等。

⑥ 毛锥：借指“笔”。

寡欢。因忆司马临别赠言，决计投笔从军。

时，金陵贼张甚，学使公廨在江阴，警报迭至。予心栗栗，以张小浦中丞驻节新安防堵，爰辞少宰往投之。祀灶日，登舟。

越明年，庚申人日[①]，抵杭州，顺访季华司马，相见欢甚。会永嘉令诖误，应推司马摄篆。因尼予曰："新安[②]亦非乐土，永嘉[③]大好山水，不佞权篆于此，屈君司笔札，为筹画纳赀，县尹亦甚易易，奚必驰驱戎马？"是时，季华住金衙庄[④]章桐门相国[⑤]故宅，园林为浙西冠。予日涉成趣，重以司马款留，新安之行，遂不果。

有孝妇陈桂灵者，能诗工画，兼精针黹。其夫游惰嗜博，诱为倡以偿博负，妇不从，因反目。妇事姑孝，以十指供甘

---

① 庚申人日：咸丰十年（1860）正月初七。

② 新安：钱塘江上游新安江流域的徽州与严州大部，古称徽州、严州地区，包括今安徽省黄山市、绩溪县及江西省婺源县、浙江省建德市、淳安县。

③ 永嘉：今天浙江省温州市永嘉县。

④ 金衙庄：位于今浙江省杭州市解放路东端与环城东路交叉处一带，因明代福建巡抚金学于此建别墅而得名，清顺治时一半归户部侍郎严沆所有，嘉庆、道光年间另一半归大学士章煦，章氏子孙守此业达百余年，后为六合县令舒晚山得之，改名"舒园"。不久，转归江南河道总督严少农。太平天国运动后，园由吴晓帆、万芭轩、濮少霞、许缘仲集资赎归，称"四间别墅"，今不存。

⑤ 相国：章煦（1745—1824），字曜青，浙江钱塘人。乾隆三十七年（1772）进士，历官内阁中书、太仆寺少卿、湖北布政使、湖北巡抚、贵州巡抚、云南，署云贵总督、江苏巡抚署两江总督、礼部尚书、刑部尚书、兵部尚书、协办大学士、军机大臣、东阁大学士等，谥文简。

旨，尽妇道，邻里称之。所居与司马对门，予尝与司马过其家，论诗品画，颇有见地。遇有缓急，司马必曲济之。倡［唱］和甚多，以城陷散佚。予园中题壁八首，有句云："迎人桥背曲，阅世树心空。"妇击节叹赏。司马与商园名，妇曰："公桐城人，居桐门相国园，即名之曰'桐园'，如何?"司马称善，请予为擘窠书，题于其楣。

园有五色木芍药，花朝日，司马就予小酌，以余滴酹花神，祝其速放。忽苍头①入报："贼大股至湖州，不即到此，宜早为计。"众嗤为谰语。饮罢，同至城隍山，遇同里吴康甫贰尹，所言亦同。

十五日，渐有迁避出城者。

十六日，出城者更多。或谓司马曰："报甚确，君亦宜将眷属过江。"叶叹曰："不能。"众请其说，曰："自故乡被兵，族戚远来相依者多。挈之偕往，不能，舍之独往，又不忍，不如不迁为得。"予肃然曰："君言及此，皇天后土，实共鉴之。吉人天相，可为君券。"盖君之族戚避兵来浙者十余家，皆待君举火也。

十七日，谍报贼距杭数十里，有司下令闭城，出示禁止居民出城。

十八日，饭后，哄传贼已至。予与司马上城隍山瞭望，果

---

① 苍头：兵士。

见钱塘、武林两门外各有贼旗数十，计不过数百人。

十九、二十两日，来者渐多，西湖边亦有贼旗，然统计亦不过千余人。自十八日以后，无日不雨。贼在城外，焚烧民房，昼夜不绝。城中绅民，日登城隍山，见贼数不多，皆欲随官兵出城攻击，大府持重不许。

二十一日，雨益大，贼烧民房益甚，火光烛天，黑夜人能自视掌纹。连日绅民哀吁大府，愿出击贼，但求官兵接应，亦不许。绅民无如之何，请同官兵循环守城，许之。绅民虑官兵之或与贼通也，故有是请。城门俱闭，惟开候潮门，通钱唐［塘］江饷道，以重兵二万余人守之。城上军屯联络，夜灯火辉煌。兵民轮流巡逻，此上彼下，彼上此下，防范周密，以为可保无虞矣。

二十五日，夜，漏二下，炮声大震，喧言凤山门陷。绅民奋不顾身偕往救，急抛滚木垒石。幸贼来无多，公然击退。视城陷，才数丈，运砖石灰泥，竟夜筑成，共相庆慰。

二十六日，雨益大。晚间城外炮止火息，耳目俱静。司马谓予曰："日来寝不安席，嘻甚矣惫。今夜大雨，度贼不来，吾等可安睡一宵矣。"司马去，予挑灯孤坐，中心忐忑，递数更筹，不能就枕。亡何，谯楼鼓绝，窗纸渐白，方欲解衣，突闻炮声不绝，殆城破矣。

司马宅距城垣半里许，园中假山最高，启户张盖，蹑其颠，见城上各营兵已起，淅米河干。瞥见一人，朱衣狐裘，乘白马而来，似曰："起，起，贼已破城，速往攻。"听之不甚了了，军士皆荷戈随之向西而去。不瞬息间，军士返奔，纷纷弃械缒城遁。予往叩司马寝门，司马披衣出，告以状，曰："奈何?"予曰："君前日赁比邻民间小屋，可暂避。"司马问予焉往，予曰："君有眷属，难偕行，予命听天，万一得出，再图后会!"挥泪而别。检旧作各种草稿，都为一束。

将出门，有司马族子二人，其戚方君、西席左君二人同来，乞予携带。正苦无伴，遂与四人坚约，跬步勿离。雨仍未已，途中贫富男女，扶老携幼，蹉跌啼号，不可言状。私计人多处，当是孔道，从之疾行。

抵艮山门大街，刚至半途，则见一绿帷官舆，其杠已折，十余人四围以手舁之行，后随兵弁百数十人，皆受创，血流被体。意是督兵大吏，溃而奔，必有贼逐北在后。

逢一巷，急招四人同入，则方左二人尚存，两叶已落后被害矣。

出巷，则空旷之地，可数十亩。其右小屋鳞比，约数百户，末一户编柴为墙，障席为门，半掩未阖，急与二人推入，傍有麻索，环而键之。欻见一男子，卷卧墙角败草中，低声以嘶。问之，为府署庖丁，贼以矛穿其腹，血濡袜，摇手令勿声。乃伺身蹲地，自墙隙外窥，口默诵大悲咒，求佛庇。

但闻群贼噪呼杀妖，其声惨暴。未几，贼亦由巷至此，遇逃难者，以刀迫索财物，有财则生，无财则一刀了之，且淫污妇女。大雨如注，悍然不顾。约半时许，舍此他往。予赖席门遮蔽，获免。

贼去，房主人出，鬑鬑有髭，遽前问予邦族，作何生业？予告以徽人，向在清河坊业茶肆，其人麾令去。予请僦一榻之地，不许。倏有数邻人至，一人曰："此番兵民轮守，防范甚严，贼来不多，破城甚易，非有内奸不能入。"一人曰："诚然，顷见裹红巾贼，实系营勇①，前日市我家帛数匹制旗帜，今又裹巾，勾结何疑。"予献计曰："君言不谬，某本皖人，熟知贼情，贼本无伎俩，全恃勾结内奸。贼来不过千人，今公然破城，虏劫财物不少，如能号召数千人，顷刻可将所劫者夺回。"

缘此间机房，同为宁波人，素嗜利，闻予言曰："善！盍共谋之。"乃鸣钲为号，顷刻集数千人，持兵刃追贼。贼本无多，见众来追，疑大兵从天而降，骇惧狂奔，弃物于地，自相践踏，死者不少。机房之众，各有所得而归。

房主人又来逐予，予以劝其追贼获利，不为无功。主人曰："吾等已约，不得留异乡人，今夜按户搜查，如搜出无论良莠，杀不贷，宜速去。"

予欲归金衙庄，不识路，乃乞主人为觅一人作向导，予番

---

① 营勇：杭州"复胜勇"，清官方与杭州地方缙绅组织的团勇。杭州破城后，营勇头戴红巾假扮太平军四处淫掳，清兵亦公开劫掳。海宁冯氏《花溪日记》载："发匪尽退，城中胆大好事之人见富家屋内无人，即随手牵羊取物。旗营中知之，尽出所有之兵掠取民间，不分大小店铺、贫富居民之家，无物不要，口称非吾等打败发匪，尔等身家性命安得存全？如是者兵民抢夺约有十日。"

银四饼。行里许，至一曲巷，一家故与导者相识，问将何往，以金衙庄对。其人曰：“止，止！此去金衙庄五里，顷有人来言：一路居民稽查严密，凡异乡人概不许往来。”

予观是人，年约二十余，语言伉爽，便前与揖，问其姓，为施，亦杭人之业机房者，请僦屋暂避。施问予，对如前。施睇视良久，乃首肯，导者索银径去。

施出键户，反身目予曰：“相君之面，非市井中人，幸质言无隐。”予以实告。施笑曰：“既以实告，不得不冒昧上陈。小子业机，一家三十余口，今罢市，食用无所措，当仰给于公。”予乃探怀出囊中物，列几上曰：“番银百饼，顷用其四，余此敬以为寿。贼踞此久暂难以逆料，只此戋戋，听君部署。”施曰：“公真磊落人也！平日饱饫官厨，何能遽甘淡泊。今既有资，当市越酿与金华腊脯，以佐饔餐，何如?”予笑谢之。乃于寝室楼上，为安二榻，栖予三人，并戒之曰：“如有来盘诘者，请勿言，容某代为言之。”

予三人居楼上，日日自窗隙外窥，见贼纷纷挨户搜妖，搜过者予以号牌[①]，黏于门外。

越日，四贼至施家，遍搜各屋。至寝室，闻一贼问施曰：

① 号牌：太平天国政权颁发的门牌。太平军每克一地，即清除敌对分子，选举乡官，编查户口，发给门牌，建立“安民区”。对安民区居民，不得随意骚扰或夺取财物。门牌为纸质，写有户主及家庭成员姓名，末署时间，加盖安民官员大印，印旁有编号。

“楼上有妖否?”施笑曰：“此乃卧室，楼上匿人，岂不为人所鄙。如不信，请登楼觇之。”一贼诃［呵］曰：“既已安民，焉得阑入[①]姐妹卧室。”赖一言而免，贼遂去。施曰：“已给印牌，可无患矣。”

初，贼围杭城，将军瑞公屡请出战，诸大吏持重不许。瑞公乃与副都统来公谋守驻防满城，二公皆能军，故外城破，而满城独无恙。贼日来攻，二公命偃旗息鼓，女墙多备矢石，架巨炮，以御之。夜则不燃灯烛，于濠边暗掣铃索，闻铃响，则矢石与炮俱发。相持数日，歼贼无算。贼复胁居民往攻，咸谓：“徒手不可与战，愿假军械同往。”贼以机匠纠众，夺所劫财物。其人皆剽悍狡狯，若与军械，反为所制，不欲使战，俾守馆舍，供炊爨。贼战归，则馆舍阒无一人，已尽掠所有而遁。大怒，雇以市井游民，诛不胜诛，益虑越人叵测，乃于二十九日出伪示，遣机匠等即夕由太平门出城，盖防共为变也。

施喜告予，谓：“出城十里，即有姻娅可依。”予趣具晚餐，漏初下即行。予披狐裘，欲易一敝缊袍不可得。左为挟茵褥，方为持书册，同行者三十余众。

---

① 阑入：擅自进入。《忠王杨秀清自述》：“安民者出一严令，凡安民家，安民之地，何官何兵，无令敢入民房者，斩不赦，左脚沓［踏］入民间门口，即斩左脚，右脚沓［踏］【入】民家门口者，斩右脚。法律严。”太平军严禁兵士在安民区擅入民宅，故施氏敢于冒险邀太平军兵士入室搜查。

是夜，雨止，贼焚城外屋，照耀如白昼，易行。惟街衢尸积如山，所见者三，必须越尸而过。既至太平门，门以内，尸尽满，无罅隙，相与移尸伛偻彳亍乃得出。方城陷时，已判一死，庸讵知今夕之竟脱网罗耶！

缘江堤行，平明甫抵施某姻家，茅屋仅一榻，予三人栖之。施则挈眷属赁屋以居。予欲渡江，则彼岸有乘间攘劫者，终日遣人侦探城中消息。

三月三日，昧爽。施叩门呼曰："张璧田①军门已督师克服杭州矣！"予披衣急起，饭罢，则闻道路欣欣相告曰："贼远遁矣，军门洞开城门，招居民还家。"

初四日，予三人别施，还金衙庄，司马已先归，互相庆慰。司马忧予难免于难，方其归也，使人探访，或谓屋后井边有衣狐裘着靴者。司马叹曰："是殆许君！"往验之，其髯如磔，乃知非予。予问司马："遇贼也未？"曰："幸从君言，暂避小屋。一日，有贼闯然入，又一贼揽其袂，让之曰：'如此湫隘，入奚为？'掉头皆去。"予贺曰："曩言天相，信已！"

越日，施归访予，还所余番银二十饼，予即以赠之。

---

① 张璧田：张玉良，字璧田，四川巴县人，清军将领。咸丰元年（1851），张玉良从军至广西镇压太平军，因军功而升千总。咸丰四年（1854）起，张玉良随向荣追击太平军到江南，战江宁、丹阳、金坛、溧水、句容、镇江等地。咸丰八年（1858），张玉良于江宁大败太平军，升任总兵。再败太平军于溧水等地，因功加授提督衔。咸丰十年（1860），张玉良率军援浙，主持浙江军务，收复杭州。咸丰十一年（1861），张玉良与太平军复战于杭州城外，中炮身亡，谥忠壮。

杭州之陷，贼杀人十二万有奇，河水为赤。金衙庄前后左右，零骸断骼，狼藉于地，予请司马捐赀掩埋。

孝妇陈桂灵于贼来时，属其夫奉姑远避，自与一媪居守。贼至，欲强污之，妇骂贼死。克服后，媪觅其夫不得，尸无人殓。司马拉予往观，面目如生，司马为市棺以殓。此妇孝烈可风，未审采入忠义录否。

贼初至，需次之官与幕客强半远遁。克复后，方将罗而致之。或有以司马与予荐于张军门者，重币招之。予商于司马，司马曰："行险侥幸，可一而不可再，此番贼少城大，为日无多，吾侪获免。设再有不虞，其能保乎？君试思之，吾亦从此逝矣。"予韪其言。

八、新安逃亡

司马弟幼华以县令需次江右，司马挈眷往依之。予决计往新安投小甫中丞。

三月既望，偕朱筱云别驾同舟行。别驾故风雅，评论古今，藉消岑寂。至屯溪登陆，别驾黟人，家本素封，以乱离中落，然犹豪侠好客，力邀予暂主其家。别驾故抱消渴疾，为贼所惊，增怔忡症，到家不数日，下世。昆弟四，君居长，群季亦雅重予，乞为君缕述行状。既成，买舟赴徽郡。徐公可[1]司

① 徐公可：徐同善（？—1893），字公可，隶汉军正黄旗，徐荣之次子。曾官试用通判，后被清廷选为首批驻外使臣。

马时在中丞幕，闻予至，偕予族弟硕甫孝廉至舟中，一见，欢若平生，邀至其家。

翌日，谒中丞，奖掖备至。中丞防剿有年，老成持重，舆论翕然。会中丞内召，来代者未及旬日，贼大股麇至，徽郡失守。予与公可商避地，公可谓："浙东遂昌，先大夫曾营菟裘曰"怀古田舍"，地僻而幽，可云乐土，将挈眷往，君可与偕。"

时，公可眷属已寄在桃源岭之阳，以予讬曹仲萱太守暂割半毡之地居之，俟买舟定，即招予遄发。太守素以气节自负，慨然招予居其别墅。至则烟火断绝，节近重九，风潇雨晦，饥寒交迫。

越日，莲溪僧[①]冒雨过访，敝衲掩骭，瑟缩可怜。予问："云何若此？"莲溪曰："仲萱负我，仲萱负我！"

初，公可之尊甫铁孙[②]观察殉难新安，奉旨建专祠，以莲溪僧主持奉香火。张中丞素善视僧，谋诸官绅，醵数百金予僧，太守称贷以去。今事急索逋，反遭谯诃，令他徙。僧痛数

---

① 莲溪僧：莲溪和尚（1816—1884），释名真然，字莲溪，号野航，曾住黄山，因号黄山樵子，江苏兴化人。善金石绘画，尤精书法，著有《中国名画宝鉴》《名人扇集》。晚年居上海。

② 铁孙：徐同善之父徐荣（1792—1855），原名鉴，字铁孙（一作铁生），号药垣，又号梅花老农，室名怀古田舍，隶汉军正黄旗，驻防广州。道光十六年（1836）进士，历官浙江嘉兴等县知县、玉环厅同知、绍兴府知府等。咸丰五年（1855）正月，升福建汀漳龙道，未赴任，二月于黟县渔亭被太平军所杀，清廷以正三品例赐恤，于渔亭建专祠。著有《怀古田舍诗钞》《怀古田舍梅统》等。

曹罪，怒形于色。予笑曰：“和尚嗔念未除，道行毋乃不高。”僧亦笑曰：“非老僧饶舌，若为人巧诈，殊不可恃，君宜他往。”予曰：“善哉善哉。”

僧好蓄犬，卢令黄耳，曲解人意，避乱必挈之行，尚有三十头在僧左右。闻僧言，摇尾怒目，狺狺若语。予笑曰：“屠岸贾之獒未必如此解事，倘嗾以图负心人，当可得而甘心也。”以僧御寒无衣，褪短褐赠之。

闻贼将至四乡劫掠，别墅距城才数十里，难以久居。急别僧，往访公可。一人为担簦，一仆随余徒行。

薄暮，过桃源岭。岭上下十五里，至岭脚，天暝，担者在前，仆笼烛导。霡霂溟蒙，衣襦皆湿。岭腰故有涧，宽约二尺，上横略彴[①]，避乱者纷纷践踏，桥板中裂，担者与仆既过，予足踏之，板裂有声，骤跨而过。

回视，桥已无存，下临深壑，俯不见底，亦险矣哉！

鸡三唱，甫下岭，日甫至公可处，则舟已具矣。即夕起碇，行至太末[②]登陆，抵遂昌。

怀古田舍，在东乡。遍山多竹，杂以山茶，初冬但见凤尾漾碧，鹤顶炫丹，水抱山环，别有天地，化工真画工也。

时，遂昌令韦仙洲刺史讲求吏治，访公可与予，延予襄办团练。予曰：“欲御外侮，当先靖内患。内患靖，则外侮无由

---

① 略彴：小木桥。

② 太末：古县名，在今浙江省龙游县。

而入。”韦问：“如何？”予曰：“非保甲不可。如得正直绅耆，实心经理，即寓团练于保甲之中，众志成城，夫复何虑？”刺史然之。邑绅叶莱峰明经，一乡祭酒，为总其成。明经以予所议章程颇善，来订交。贼以遂昌有团练，不敢犯，乃甫有成效。

刺史辛酉仲夏忽调省，继之者为郑某。遂昌本膏腴地，郑觊觎久，又闻贼不至，益歆羡之，夤缘而得。刺史去，予仍返怀古田舍，与公可预筹避地，果不半月而贼至。

公可奉其太夫人挈眷先行，予以田舍之后门近山可登，了不介意。乃黎明贼已至沙溪，赖公可之长君石甫拉予起曰：“贼已至，尚高卧耶？”予急趋后门，石甫顿足曰：“门不知为何人闭塞，尚趋彼耶？”拽予出大门，绕至后山，则贼旗已满郊野，生死呼吸之顷，吁可畏哉！

时，五月杪，梅雨连绵。予疾跻山巅，腰脚皆罢。兼以枵腹，寸步难行，仰卧石磴，奄奄待毙。忽一媪过，熟视予曰：“是非许公耶，胡卧此？”予自指口与腹，媪曰：“公饿耶？”于袖中出布帕授予，内裹龙眼肉、芮枣少许，并高丽参一枝。予叩其姓氏，媪曰：“公不识老妇，妇姓田，曩佣于司马家，所裹物将以飧其少公子者，公第食耳。”予甚德之，食龙眼并枣，蹶然起，乃得下山。

再行三十余里，公可已遣人相待，为赁草棚休焉。距公可处，尚四十余里，棚前临山河。

夜分，喧传贼至。予起褰裳渡河，至河心，山水湍激，足不能立而仆。幸有巨石作砥柱，抱之，乃免于溺。

天明，行人掖之登岸。夜并非贼，乃避乱者灯火纷纷，人误为贼耳。

予至公可处，亦一大草棚，眷属皆处其中。予曰：“此非安土，当别为计。”公可谓：“太夫人已送至尹家坑，距此百里。”予谓：“眷属亦可前往。”公可从之。予与公可居棚中，商防贼之策。

其山层峦叠嶂，不亚垣墉，唯山口一线可入。公可乃出重资，募壮丁五百守之，以石为兵，贼来击之无不毙。守五日，毙贼颇多，贼不复至，退踞邑中。再越一日，守者来报，邑中贼亦退矣。问何由知？曰：“登山以眺，贼突绝烟。”公可大悦，市羊豕百余，以犒守山者。予问：“此山有别径可通否？”公可谓：“须迂道三四百里。”予曰：“尚宜防之。”公可曰：“君何迂也！贼所欲虏者金帛，先公宦囊无几，贼岂为此而来欤？子可无虑。”

因与众话遂昌土物，一曰竹鼬，食竹根，味鲜美，东坡极称之；一曰河鲇，长五寸许，多肉少刺，鲜于常鳞；一曰石鸭，蛙类，产山石罅中，味极肥美，予闻而流涎。公可见予欲食石鸭，谓：“如有钓得者，不吝重赏。”众应而去。

钓石鸭必趁黎明，越三日黎明，予方与公可横榻酣卧，某甲起钓石鸭，突见贼绕道而至，急来棚，呼曰：“起，起，贼至矣！速去，速去！”比予与公可出，贼旗相距仅一箭之地。棚后固是大山，峭崿崭嵌，公可腾踔而上。予大骇，足软难行，匿身丰草间。须臾，老幼男妇，成群结队，若鼠之伏。有儿啼者，以絮塞其口，恐呱呱令贼闻也。

贼志在虏劫，公可所存棚中箱笥二百余具，贼来者四五百人，搜括箱笥，捆载而去。有不能尽虏者，则火之。午后贼退，草中人一一皆出。予旋棚，见焚余零缣败帛，遍地皆是。山农瓯粥飧予，越日，倩人导往尹家坑徐太夫人处，计公可必到此。相距百里，苦无一钱。

忽有农人拾番银三百饼，其邻叟曰：“是必徐司马家物，吾侪素受司马惠，不可不归之。”农人谓：“纵是司马家物，乃贼所遗，不归何害，况司马已不在此乎。”邻叟曰：“司马虽去，其友许君在此，可交其手，他日相逢，亦见吾侪情重也。”

农人果以付，予却之曰：“尔所收拾得于贼，非得于司马。况予非司马，义不敢受。”邻叟曰：“司马有急，乘危而攘其物，非人也。公为司马友，乞转交，毋辞。”予乃受其半，且谓农人曰：“如是司马物则已，否则仍寄还汝。”

乃倩二人掖予行，扪萝扳葛，足趾茧痛。天气初晴，暴暖，渴甚。忽穷山中四老人以石支炉，燃枯枝烹茶，予求饮。一老人饮之，味甘洌，渴顿解。

再行数十里，日夕不能行，借宿古刹。距尹家坑尚二十里。遣人报知公可，诘旦以筭舆来。公可哽咽谓予曰：“意君懦怯，必为贼虏，不谓尚得相见也！”予亦为之于邑。

公可曰：“身在，物尽为贼所虏，薪米无资，奈何？”予因出农民所拾番银百五十饼授之，且具告所以。公可曰：“图记非我家物，何敢攘之！”予曰：“固然，今生机已绝，或上苍怜悯，俾以济穷，纵非君物，他日可以归还，必拘拘作于陵仲子，则皆饿死矣。”公可不得已受之。

尹家坑地僻，人迹罕到，群山壁立千仞，雄峻插天。山中松、栝、楠、梓，皆数百年物。人家作屋，多以树皮代陶瓦，每遇天阴雨，洒树皮作鼓声，俨若撒豆。六月无暑，夜须着绵。予谓公可：“此地不可久居。”公可乃邀予偕其眷属至衢州。

九、衢州遇险

徽人丰与九司马于此贸易，固旧相识，为赁屋而居，颇宏壮。

相传衢有至圣孔子楷木遗像，固端木夫子手所雕者，须眉毕肖。端木夫子卜衢州五千年无兵燹，乃请至圣嫡裔奉楷木像至此，故衢州世有五经博士。

时，公可之弟春漪刺史，新铨四川会理州牧，公可将屏当入蜀。乃九月初，忽闻警报，衢城戒严，乡民皆入城避难，无屋可赁，露宿街市。

越三日，贼果大至[1]，众十余万，昼夜炮声不绝，予心胆俱裂。丰司马慰之曰："是有楷木圣像，贼无能为。前伪翼王石达开曾围此城，号称百万，且不能破，何况此十余万乎?"邀予登城观，城外四周环以木城，木城外掘深濠为河。贼过河，既有木城堵御，城上遍堆石块，即抛石块乱击，贼无立足之地，不退即毙，其法最善。予绕城一周，心为帖然。贼围月余，四乡之民皆入城，但存空庐，贼无所掠，粮尽而去。

初贼围城时，予与公可、与九、张小堂三司马，联名延僧设醮吁天，愿各灭己寿，求免众劫。果幸获免。僧书善事数十则，谓："居士等须各发善心，自认一事，终身不渝。"予初酷嗜牛肉，见有"戒食牛肉"一则，遂笔注其下。贼退后，衢人佥谓予等设醮有功，究是宣圣遗像灵爽所致。一介下士，安能贪天之功哉!

迨除夕，予仅存番银一饼，新□□□同人，强予博塞。予

① 贼果大至：此指咸丰十一年（1861）第二次"衢州之战"。太平军为经略浙江，李世贤于1861年5月连克浙江常山、江山、开化。5月5日，李世贤率10万大军围攻衢州，总兵李定太率清军8000防守，浙江巡抚王有龄急调2000兵勇前往增援。李世贤以清军驰援衢州，一时难以攻下，遂于25日撤围前往金华。同年9月16日，李秀成兵分三路自江西进入浙西。10月5日，再围衢州，李定太恃险固守，与太平军相持。李秀成急于前往严州与李世贤会晤，乃于11日主动撤围。李氏兄弟计议，由李秀成经营浙北，李世贤开辟浙东、浙南基地。衢州未克，成为太平军浙西基地的严重隐患。1858年4月，石达开亦进军浙闽，亲统大军围攻衢州。因久攻衢州不下，石达开遂于同年7月撤围南行入闽。

辞，同人谓："少陵雅人尚嗜此，偶一为之庸何伤?"强而后可。每博辄胜，自壬戌元旦至二十四日，积番银数百饼，予公可助入蜀之需。

十、翰墨不朽

二十五日启行，由常山至玉山，再至吴城。冯子良太守时为吴城司马，往谒，谈诗甚洽。买舟至湖北新堤，刘馨石观察为公可之戚，榷税于此，款留月余。买舟抵宜昌，再易柏木舟入峡。峡中江流如箭，夹岸岩峦障空，昼不见日。至万县，陆行。岁暮，抵成都。

明年癸亥[①]仲春，江良臣[②]军门奉旨会办直隶骑马贼宋景诗[③]，江军门延予办理文案。

三月初六日，由成都启行，顺道剿灭匪党。由樊城而豫州而齐而秦而晋，于五月二十九日，甫至保定，住西门于公祠。

---

① 癸亥：癸亥年，同治二年，公元1863年。

② 江良臣：四川绿营总兵。同治二年（1863），许奉恩入江良臣幕府中办理文案，随其转战山东、陕西、山西、河北等地。江良臣、刘玉衡保荐许奉恩，以知县用，加五品衔，敕授文林郎，诰封奉直大夫，晋授通议大夫。

③ 宋景诗（1824—1871），山东堂邑人。咸丰十年（1860）参加鲁西抗粮，次年捻军进入山东，宋景诗参加白莲教起义，因其旗色为黑被称"黑旗军"。宋景诗率部攻打直隶（今河北）等州县，后被胜保招降。同治二年（1863）初，宋景诗脱离清军，再度起义。同治四年（1865），宋景诗部配合捻军在曹州（今山东菏泽）击毙僧格林沁。捻军失败后，宋景诗流落徐州、亳州一带卖艺。同治十年（1871）4月，宋景诗在亳州被安徽巡抚英翰俘杀。

以制府刘公应渠督师驻威县，军门乃往威县，与制府会议剿贼事宜。予亦修进见之礼，并晤幕府刘玉衡[①]太守暨吴干臣、方芷庭二君。几辅肃清，予忝列荐牍，蒙制府与军门奏奖，以知县用。

初，在高淳防堵，和总戎以教谕保荐，会向忠武薨于军，遂寝其事。又在遂昌团练，瑞将军檄各属开列保举。韦刺史以知县保荐，赍折差弁，中途遇害，方待补奏，辛酉浙省为贼所陷，又作罢论。至是甫获寸进，予之半生偃蹇，其命也夫！

十二月十二日，拜别军门，由衡水入都，主叶主事挺生家。

计自丑至亥，十年之中，出入烽燧，凡所经大难者九：在高淳，一幸逃西湖之贡，二幸免张某之刺，三幸免伪王之杖；在无为，幸遇张某，得不死于舟中；归家时，幸贿乡官，得逃伪指挥之票；在遂昌怀古田舍早睡，幸徐公子拽出；草棚早睡，幸钓石鸭者拽出；杭州城破，幸而免；衢州城围，又幸而免。此九大难，绝处逢生也。

又所经小难者四：高淳马上未坠；芜湖三不管未坑；桃源岭板桥断而不死；沙溪河抱石而不死。此亦万分侥幸也。

又意外之缘：如高淳幸遇汪姓；饥疲幸遇田媪；四老人穷山赐茶；分农人所拾饼银。此又皆默叨神佑，而不解其何

① 刘玉衡：刘兆熊（？—1899），字玉衡，举人出身，官至户部郎中。

自也。

叔平所自述若此。

予与叔平相交八年之久，论文谈艺，读书敲诗，予固憨直坦率，叔平亦矫矫不群，绝无冬烘头巾气。两人者初不相识，同治戊辰[①]嘉平月[②]，予度岭北征，抵安庆，侨居旅馆，叔平叩门以诗见，遂成莫逆。嗣除夕元旦，叔平来就予聊句作长夜之饮，客邸韵事，以此为最，恐前人未必有之。自是延至广陵，交谊弥笃，酒酣热时，间为予说昔年遇难事，然皆未有若是之详且尽也。

予去年作文二首，一以寿尊甫农生先生，一以寿叔平，第谓其喜作汗漫游躬历十三行省，而不知南北播迁入险出险之非得已也。观其遏义津之盗萌，肃高淳之军令免，市盐之盘诘，教间道之请兵，以及假机匠之手，既劫贼财，复孤贼势，定保甲之法，能御外侮，焉有外忧。如君之才，设令早遇贤公卿、名将帅，推心置腹，相助为理，俾得展其抱负，以见用于朝廷，则立德、立功二者，君必居其一，而又岂徒以文字翰墨争不朽之名哉！

---

① 同治戊辰：同治七年，公元 1868 年。是年许奉恩与方濬颐相识，次年赴扬州方濬颐幕府。

② 嘉平月：农历十二月。

跋

老友婺源齐君玉溪，尝乞梦园先生为撰《吴门出难记》。予读之，洋洋洒洒数千言，可谓奇文大文，不禁赞叹歆羡，谓老颠何幸附此不朽也。

因念粤寇难作，予流离琐尾，所阅之时，所经之地，与所遇之事，较老颠不翅十倍之多。转徙余生，亦欲藉巨制以附不朽，爰毛举崖末，叩求椽笔。先生笑而首肯，不日脱稿，汰滓生光，芟芜就简，雕碔砆为圭璧，饰母若嫱施，长数万千言，气盛言宜，读之惟恐其尽。文之奇者莫奇于此矣，文之大者莫大于此矣，后之读此文者，亦必赞叹歆羡，谓予何幸而附此不朽也。

溯自癸丑迄癸亥[1]，十年之中，凡历十三行省，濒溯于危者屡矣。每当计无所之，万无生理之时，反躬自讼，生平尚无大疚，似不应遽丧非命，果也。垂危之顷，意外获救；绝处逢生，化凶为吉，未尝不私心自贺，以为天道信非愦愦。既思值此浩劫，狂寇披猖，杀人如草，猿鹤虫沙，所在皆是，刀兵无情，波及无辜者，正复不少，几疑福善祸淫之说，可信而不可信。予以孱弱书生，疏懒善病，戎马仓皇，水陆謷栗，屡叨幸免，竟遂生还，是又不可自解也。

初予从戍高淳，遣迎眷属曜卿，惩于义津桥之厄，惧不肯往。稚君请行，老父命仆卫送至营，备尝险阻。故再至高淳，不敢复以家累自随。迨大难削平，予自都归省，老亲康健，一家团聚，恍如梦中。惟前妻王宜人所生子女，属曜卿抚育，乱时难以覆翼，俱伤夭折，曜卿旋亦下世。尝与稚君追话往事，觉当日出入锋镝丛中，所共难情状，历历如在目前，辄心悸齿击，不堪回首。而稚君绿鬓渐凋，朱颜难再，去日苦多，欻已推为房老[2]。予时年亦逾曰艾，精力就衰，慰情无人，万念灰冷，徒以有老父在，不得不忍息延喘，求尽子道，意俟大事告毕，即当披发入山，与世长辞矣。

乃辱先生知己之感，招至广陵，略分论交，体恤备至，怜我困饥寒也而衣食之，怜我乏似续也而家室之。今则枯杨生

---

① 自癸丑迄癸亥：从咸丰三年至同治二年，公元1853—1863年。

② 房老：年老而色衰的婢妾。

梯，女妻老得，征兰叠庆，连索得男[1]，覆巢得雏，亦既德同再造矣。

先是老父九十有二，予小子犬马齿适届周甲，猥蒙赐文为寿，邮寄老父，张诸四壁，反复循诵，谓酬应之作，能扫净一切门面语，独铸伟词，传之异日，可为生传。镇日掀髯欣赏，乐而忘倦。不幸猝遭大故，予小子获兹巨制，老父不及见之，为可恸也！

若是德我以衣食家室，只在一时。德我以文字，直可千古。然若非我老颠开端，则计不及此，予德作者，当先德老颠。试持此文以骄我老颠，其赞叹歆羡予者，又当何如也？

兰茗馆主人许奉恩自跋。

---

① 得男：得子。方濬颐对许奉恩不仅极为赏识，同时给予其生活资助。得益于方氏厚赠，许奉恩晚年生活于扬州，并纳妾杨氏，育有三子。

参考文献

[1] 徐中约．中国近代史．香港：香港中文大学出版社，2001.

[2] 赵尔巽．清史稿．北京：中华书局，1977.

[3] 毛佩奇．中国大通史（清代卷）．北京：学苑出版社，2018.

[4] 汤纲，南炳文．清史．上海：上海人民出版社，2013.

[5] 费正清，刘广京．剑桥中国晚清史．中国社会科学院历史研究所编译室，译．北京：中国社会科学出版社，2007.

[6] 中国史学会．中国近代史资料丛刊·太平天国．上海：神州国光社，1952.

[7] 罗尔纲，王庆成．中国近代史资料丛刊续编·太平天国．桂林：广西师范大学出版社，2004.

[8] 中国社会科学院近代史研究所，《近代史资料》编译室．太平天国文献史料集．北京：知识产权出版社，2013.

[9] 谭其骧．中国历史地图集．北京：中国地图出版社，1982.

[10] 郭毅生．太平天国历史地图集．北京：中国地图出版社，1989.

[11] 南京大学历史系太平天国史研究室．江浙豫皖太平天国史料选编．南京：江苏人民出版社，1983.

[12] 徐川一．太平天国安徽省史稿．合肥：安徽人民出版社，1991.

[13] 罗尔纲．太平天国史．北京：中华书局，2000.

[14] 罗尔纲．绿营兵志．北京：中华书局，1984.

[15] 罗尔纲．晚清兵志．北京：中华书局，1997.

[16] 罗尔纲．李秀成自述原稿注．北京：中华书局，1982.

[17] 胡林翼．胡林翼集．长沙：岳麓书社，1999.

[18] 上田信．海与帝国：明清时代．高莹莹，译．桂林：广西师范大学出版社，2014.

[19] 扬州师范学院中文系．洪秀全选集．北京：中华书局，1976.

[20] 孙孟平．开封府君（孙云锦）年谱．北京：北京图书馆出版社，1999.

[21] 马其昶．桐城耆旧传．毛伯舟点注．合肥：黄山书社，1990.

[22] K. E. 福尔索姆．朋友·客人·同事：晚清的幕府制度．刘悦斌，刘兰芝译．北京：中国社会科学出版社，2002.

[23] 钱宾甫．清季重要职官年表．北京：中华书局，1959.

[24] 钱宾甫．清季新设职官年表．北京：中华书局，1961.

[25] 秦佩珩．明清社会经济史论稿．郑州：中州古籍出版社，1984.

[26] 张楷．安庆府志．北京：中华书局，2009.

[27] 安庆市地方志编纂委员会．安庆市志．合肥：黄山书社，2008.

[28] 舒景蘅．怀宁县志．南京：江苏古籍出版社，1998.

[29] 怀宁县地方志编纂委员会．怀宁县志．合肥：黄山书社，1996.

[30] 金鼎寿．桐城续修县志．合肥：黄山书社，2018.

[31] 桐城县地方志编纂委员会．桐城县志．合肥：黄山书社，1995.

[32] 枞阳县地方志编纂委员会．枞阳县志．合肥：黄山

书社，1996.

[33] 太湖县地方志编纂委员会．太湖县志．合肥：黄山书社，1995.

[34] 望江县地方志编纂委员会．望江县志．合肥：黄山书社，1995.

[35] 宿松县地方志编纂委员会．宿松县志．南昌：江西人民出版社，1990.

[36] 潜山县地方志编纂委员会．潜山县志．北京：社会科学文献出版社出版，1993.